JN294856

小説
大津皇子
——二上山《ふたかみやま》を弟《いろせ》と

青垣出版

目次

装幀　根本　真一（クリエイティブ・コンセプト）

小説　大津皇子

――二上山《ふたかみやま》を弟《いろせ》と

序　章　二上山《ふたかみやま》を弟《いろせ》と

一　雪の石光寺

凹凸模様の窓ガラスから差し込む光が白く乱反射していた。椿友一郎《つばきゆういちろう》は、布団からはみ出た頬に刺すような寒さを感じた。

午前さまとなった深酒の報いか、二日酔いで頭はがんがんと痛む。朝の微睡《まどろ》みにはほど遠く、睡眠不足も重なって意識は朦朧《もうろう》としていたが、外の世界の異変を直感した。いつもの朝とは異なる静けさだ。ひょっとしたら……と胸をときめかせ、窓を開けた。

案の定、外は雪だった。しんしんと降りしきる雪、一面に広がる銀世界、おそらく未明から降りだしたのだろう。子供のように心が騒ぐ。幸い今日は休日だ。こんなチャンスは滅多にない。休日にこれほどの雪が積もるのは何年ぶりだろうか。友一郎は怠け心と布団の温もりを振り払うべく、気持ちを奮《ふる》い立たせた。

「もう起きるの？」

隣で寝ていた妻の香奈子が眠そうな声で言った。

「雪だ。ほら一面、真っ白だ。見てごらん」

「いやよ。寒いから早く窓を閉めて」

「味気のない……」

友一郎はぶつぶつ呟きながら窓を閉めたが、気持ちは勇んでいた。

（俺の雪の三部作の一つ、今日がチャンスかもしれない……）

何年も前から友一郎は風景写真を撮り続けていた。今、彼が密かに撮影したいと思っているのは、雪景色の二上山の山里をテーマにした三部作である。

一つは「春の雪」。三島由紀夫の四部作『豊饒《ほうじょう》の海』の第一部『春の雪』にヒントを得たものだ。二上山の麓《ふもと》に咲く桜の花に積もる淡雪、春の到来を喜んだ桜の花が冷たい雪に覆われ、慎ましやかにかじかんでいる乙女のさまを描き出したいと思っている。しかし、その撮影チャンスに恵まれることはまずない。「月雪花《つきゆきばな》は一度に眺められぬ」という、欲張りを諌《いさ》める諺《ことわざ》の通りだ。

一つは「白銀《しろがね》の二上《ふたかみ》」。青空をバックに朝日を浴びて輝く白銀の二上山。昔、二上山に「白銀峯《しろがねみね》」という異称があったことから思いついたテーマである。美しい夕日をシルエットにした二上山の写真は定番というべきものだが、彼が求める「白銀の二上」は、いわばその対極の写真といえる。

もう一つは「双塔雪景」。降り続く雪に中に霞む當麻寺《たいまでら》の東塔と西塔の写真である。二上山の山里にひっそりと佇む天平の甍《いらか》、いや白鳳の甍、その幽玄の世界を写真で表現する。

今日はこの「双塔雪景」のまたとない撮影チャンスだ。友一郎は気合いを入れ、愛用の一眼レフと三脚を携えて當麻寺に向かった。こうした事態に備え、スタッドレスタイヤを装着した四輪駆動の愛車は雪道を快適に走行した。

途中、石光寺《せっこうじ》の道路標識が目に入った。すると急に雪の寒牡丹を撮影したいという衝動に駆られた。友一郎はハンドルを右に切っていた。

車は石光寺に到着した。さすがに他に車はなかった。

春には山門を覆い尽くすかのように咲き誇った桜も、夏には零《こぼ》れんばかりの紅花《べにばな》を飾り付けた百日紅《さるすべり》の大木も、今は仲良く真っ白な雪花《ゆきばな》を枝いっぱいに咲かせている。寺の白い築地《ついじ》塀《べい》の下の田畑にも雪が降り積もり、二上山の麓の山里はすっかりと雪に包み込まれていた。

低く、薄暗く垂れ込めた雪雲から絶え間なく降る雪、それは朧々《ろうろう》とした水墨画の世界だった。友一郎は我を忘れてファインダーから見えるモノトーンの世界に酔いしれ、次々にシャッターを押していた。

「あっ！」

　そのとき、友一郎の体が一瞬、宙に浮いた。そして三脚とともにカメラが地面に叩き付けられる鈍い音が辺りに響いた。しかし早朝の山里の寺に人の気配はなかった。倒れた彼の体に雪がしんしんと降り積もっていった。


(どこか違う？　雪靄《ゆきもや》のせいだろうか？　いやここは石光寺ではない。寒牡丹《かんぼたん》も中将姫《ちゅうじょうひめ》の糸《いと》掛桜《かけざくら》もない。ここはどこなんだ……)

　一人の小柄な尼僧がお堂に向かって祈っていた。年の頃は三十代前半か、雪のように白い女性だ。事態が飲み込めない友一郎は彼女に尋ねた。

「ここは祖父天命《あめみこと》開《ひらかす》別《わけの》天皇《すめらみこと》が建てし石光寺です。我が弟《いろせ》を弔いに参りました」

　彼女は微かな声で、慎ましやかに答えた。友一郎はその意味が皆目解せなかったが、聞き取りにくかったせいかと思い、尋ね直すことにした。

「イロセ？　イロセって誰なんですか？」

「天渟《あまのぬ》中《な》原《はら》瀛《おきの》真人《まひとの》天皇《すめらみこと》の皇子《みこ》、大津です」

「アマノ……？　えーとスメラミコト？　ミコ……オオツ……？　えっ！」

　友一郎は思わず言葉を失った。自分の耳を疑った。

（まさか……。そんなはずはない。どうかしている。俺は夢でも見ているのだろうか、それともこれは幻覚なのか。ここにいる、この尼とおぼしき女性は気が狂《ふ》れているのか、それとも俺をからかっているのか？　いやこんな朝早く、しかも雪が降りしきる寺で尼僧がそんな冗談を言うはずがない。そうすると、これは一体どういうことなんだ……）

友一郎の頭はますます混乱していった。

（この尼僧は気が狂《ふ》れているのだ。そうに違いない。自分を大伯皇女《おおくのひめみこ》だと信じているのだ）

と思ったが、それでも念のために、もう一度確認することにした。

「スメラミコトとは天武天皇で、オオツとは大津皇子のことですか？」

「…………」

彼女は目を伏せ黙ったままだったが、わずかに頷いたように思えた。

（やはり俺は二日酔いで寝ぼけているのか。悪い夢でも見ているのだろうか。目の前のものは、そもそも実在しているのだろうか……）

友一郎の頭は、白く混濁した深い霧に包まれたかようだった。

（もしかすると、彼女には大伯皇女の霊が憑依《ひょうい》しているのか。恐山《おそれざん》のイタコのような霊能現象は実際に存在するのかもしれない。信じたくはないが、現在の科学では説明の付かない超自然現象も数多く報告されているではないか……）

降りしきる雪の中で、正体不明の尼僧が神々《こうごう》しくも寂しげな眼差《まなざ》しを、開扉《かいひ》された堂奥に向けている。友一郎が奥を覗くと、堂の中には一体の石仏が安置されていた。この世のものとは思えない厳《おご》かな気配が境内に漂っている。

友一郎は、カメラがあることを思い出し、勇気を出してシャッターを切った。雪の積もった境内、堂に向かって合掌する尼僧の横顔……、静かな境内に異様なシャッター音が響いた。尼僧が不快感を示すのではないかという不安が過《よ》ぎったが、幸い彼女の反応はなかった。それで少し安堵した。

(たしかに彼女は、「イロセ」を弔うために、この寺にやってきたと言った。『万葉集』に大伯皇女が詠んだ「うつそみの人なる我や明日《あす》よりは二上山《ふたかみやま》を弟《いろせ》と我が見む」という歌がある。そうするとこの尼は、やはり大津の姉の大伯その人なのか。そんな馬鹿なことがあるというのか……)

友一郎は恐る恐るその尼僧に尋ねた。

「もしかして、あなたは大伯皇女では……」

少々恥ずかしい気もしたが、あたりに漂う尋常ではない奇《くす》しき空気が、彼にそれをなさしめたのかもしれない。友一郎は、息を呑んで答えを待った。

「……はい」

今度は微かな声ながらも尼僧は肯《うなず》いた。

(まさかとは思ったが、やはり大伯皇女……。そんな馬鹿なことが——)

友一郎は、今、自分の目の前で起こっている不思議な光景を頭の中で整理しようとし、しばらくの間、考え込んだ。この意味不明な世界を理解しようとして踠《もが》いていた。

冷静になって頭を冷やそうと思い、大きく息を吸い込んだ。雪が降りしきり、その刺すような冷気が、ぞくっと全身を身震いさせ、脳天までも覚醒させた。

(俺は寝ぼけているわけではない。たしかに起きている。意識もはっきりしている……)

それを実感したとき、知らず知らずため息が漏れていた。

(あー、何なんだ、いったいこれは……)

(いや、これは幻覚などではない。自分の記憶だけでは説明しきれない。潜在意識でも説明がつかない。……まさか阿頼耶識《あらやしき》……生死輪廻《りんね》が関わり、三島の『豊饒の海』のテーマとなった阿頼耶識か。……そんなはずはない。しかし己の意識だけではこんなことは絶対にあり得ない……)

(昔、二上山は「尼上ケ嶽《にじょうがだけ》」「二神山《ふたがみやま》」という異称を有していたらしいが、「白銀峯《しらがねみね》」「二乗峯《にじょうみね》」と呼ばれたとも聞いている。たしかその二乗峯の一峯は「倶舎峯《くしゃみね》」、もう一峯は「唯識峯《ゆいしきみね》」だったはず……)

江戸時代に大和の野口村の和尚によって書かれた『竹園日記《たけぞの》』には、「此峯ニテは鑑真和尚の為《ため》倶舎唯識を講じ玉《たま》いし霊跡ナリ」とある。いつの時代に、誰の手によってかは不明であるが、鑑真《がんじん》を偲ぶ僧侶らによって、二上山で倶舎論と唯識論が講じられたのがその由縁であるらしい。

（唯識三年、倶舎八年か……。そういえば、二上山の麓には鑑真を日本に連れて帰った普照《ふしょう》が建てたという寺があったはずだ）

友一郎の思考はますます迷走していった。

「倶舎」が主に東大寺を本山とする華厳宗《けごんしゅう》の教えであるのに対し、「唯識」は薬師寺や興福寺を本山とする法相宗《ほっそうしゅう》の教えである。

唯識論は八識で説明される。人間には、前五識と呼ばれる眼識《げんしき》・耳識《にしき》・鼻識《びしき》・舌識《ぜっしき》・身識《しんしき》と第六意識と呼ばれる自覚的な意識が存在する。この前五識と第六意識を合わせたものが現行《げんぎょう》とされ、その奥に末那識《まなしき》と呼ばれる潜在意識が潜んでいる。自己への執着心でもある。

さらにその奥に阿頼耶識という根本の識があり、この阿頼耶識が前五識・意識・末那識を生み、身体を生み出し、世界を作り出しているという思想が唯識である。この世はすべて頭の中で描かれる世界、つまり己が見ている世界は己の阿頼耶識が生み出した世界……。しかも阿頼耶識は輪廻転生の力によって引き継がれ、ときには突如として、何世代も前の過去の記憶が甦ることもあるという。

友一郎が迷い込んだ石光寺……。今、この寺では、何かの力によって阿頼耶識の世界が現出しているのかもしれない。信じがたいことだが、もしかすると俺の意識界に大伯皇女の記憶が甦ったのかもしれない——そう思ったとき、彼の意識はすう—っと薄れていった。

二　大津皇子の謀反

どれぐらいの時間が経っただろうか。相変わらず雪は降り続いている。尼僧はまだ目を閉じたまま、静かに合掌していた。

少し気が落ち着くと、日頃から思っていた疑問を晴らしたいという欲望が芽生えてきた。この信じがたい世界に陥った今、これを活かさない手はないと……。

「……大津皇子は本当に謀反《むほん》を企《たくら》んだのですか？」

大津が実際に謀反を企《くわだ》てようとしたのか、持統天皇がわが子草壁《くさかべ》を皇位につけたいがために大津に濡れ衣《ぎぬ》を被《かぶ》せたのか、古代史の謎の一つだ。

冤罪だったと考える人は、正史『日本書紀』が、「容止墻岸《ようししやうがん》にして、音辞俊朗《おんじしゅんらう》なり。天命《あめみこと》開別天皇《ひらかすわけのすめらみこと》の為《ため》に愛《めぐ》まれたまふ。長《ひととなる》に及《いた》りて弁《わきわき》しく才学《さいがくま》有しまし、尤《もと》も文筆《ぶんぴつ》を愛《この》みたまふ。詩賦《しふ》の興《おこ》り、大津より始《はじま》れり」と謀反人である大津を褒《ほ》め称《たた》えていることを理由の一つに掲げる。

皇子といえども謀反人をこのように称揚することはない。有間皇子《ありまのみこ》も古人大兄皇子《ふるひとのおおえのみこ》もそんなことはなかった。だが大津だけは例外だ。

これは実の姉大田皇女《おおたのひめみこ》の子である大津を冤罪で処刑してしまったという持統の呵責《かしゃく》、あるいは無実ゆえ大津を哀れむ後世の人がなせる所作ではなかろうかと。第一、皇太子であった草壁皇子の人となりについても、その死因についても、『日本書紀』は何も記述していない。その意味で、正史の中での大津皇子の扱いは破格と言っていい。

それゆえ今も多くの万葉ファンが大津の潔白を信じ、大伯皇女が二上山を弟大津皇子に見立て偲びし万葉歌、「明日よりは二上山を弟《いろせ》と我が見む」と口ずさみながら、大津皇子を悲劇の皇子として思慕し続けている。

この尼僧の口から歴史の謎が解き明かされるかもしれない——そう思うと、友一郎は息を呑んで彼女からの答えを待った。

「わが叔母鸕野讃良《うののさらら》、高天原広野姫天皇《たかまのはらひろのひめのすめらみこと》は偉大な方でした。天皇の為《な》されしことに訝《いかぶ》りを持つことは許されざること。かく咎《とが》められしは、我が弟《いろせ》、大津の罪ゆえ……」

か細く透き通った声、そして悲しみに満ちた声が尼僧の口から洩れ、かろうじて友一郎の耳に届いた。

「高天広野姫天皇とは持統天皇のことですか？」

「はい……」

尼僧は静かに肯いた。

「では大津皇子は、やはり謀反を――」

「……いえ……」

彼女は困ったような表情を浮かべ、言葉を遮《さえぎ》った。それで友一郎は質問を変えることにし、

「『万葉集』にこんな歌が残っていますが……」

と前置きしながら歌を詠んだ。

大津皇子、竊《ひそ》かに石川郎女に婚《あ》ふ時に、津守連通《つもりのむらじとほる》がその事を占《うら》へ露《あら》はすに、皇子の作らす歌一首

大船《おほぶね》の　津守《つもり》が占《うら》に　告《の》らむとは　まさしに知りて　我が二人《ふたり》寝し

〈『万葉集』巻二・一〇九〉

それは石川郎女《いしかわのいらつめ》という一人の女人を巡って大津と草壁が争っていたことを示す歌だった。

密告されることなど百も承知で俺は石川郎女と寝たんだ――この歌によって大津皇子が皇后から監視されていたことや、大津もそれを自覚していたことが窺《うかが》い知れる。とすれば、大津の行為は確信犯的ということか、それとも自暴自棄といったところか……。いずれにしても皇后や皇太子《ひつぎのみこ》草壁はもとより、宮中に波紋が広がっていったことが容易に想像される。

「皮肉なことでした。皇位を競う二人が同じ女人を求めたわけでございますから……」

尼僧の口調からは、どこか悔しさが滲《にじ》み出ているように思えた。

「大津に慢心なしとは申しませんが、野心など微塵《みじん》もなかったと存じます。幼くして母を亡くしたせいか、小さき頃より女人に母性を求めがちでした。姉の私にはそれが不憫でなりませんでした……」

言い足りなかったのか、彼女は言葉をつないだ。

日並皇子尊《ひなみしのみこのみこと》、石川女郎に賜う御歌一首　女郎、字《あざな》を大名児《おほなこ》といふ

大名児を　彼方野辺《をちかたのへ》に　刈る草《かや》の　束の間も　我れ忘れめや

〔『万葉集』巻二・一一〇〕

これは草壁皇子が大名児こと石川郎女に対する恋心を詠んだ歌だ。草壁も大津と同じく彼女のことが好きだった。彼が皇太子に最も近い皇子でなければ、あるいは大津皇子と比較されることがなければ、年若き青年の一途《いちず》な恋心を表した歌と評価されたかもしれない。

大名児が遠くの野辺で刈る草の束のように、ほんの束の間も私はあなたのことを忘れることができない。それほど、大名児、私はあなたのことが好きだ——という、いわば初《うぶ》な求愛の歌。温和で純朴、育ちの良さが感じられるが、将来天皇となるべき皇太子としてはどこか頼りなげな気もする。

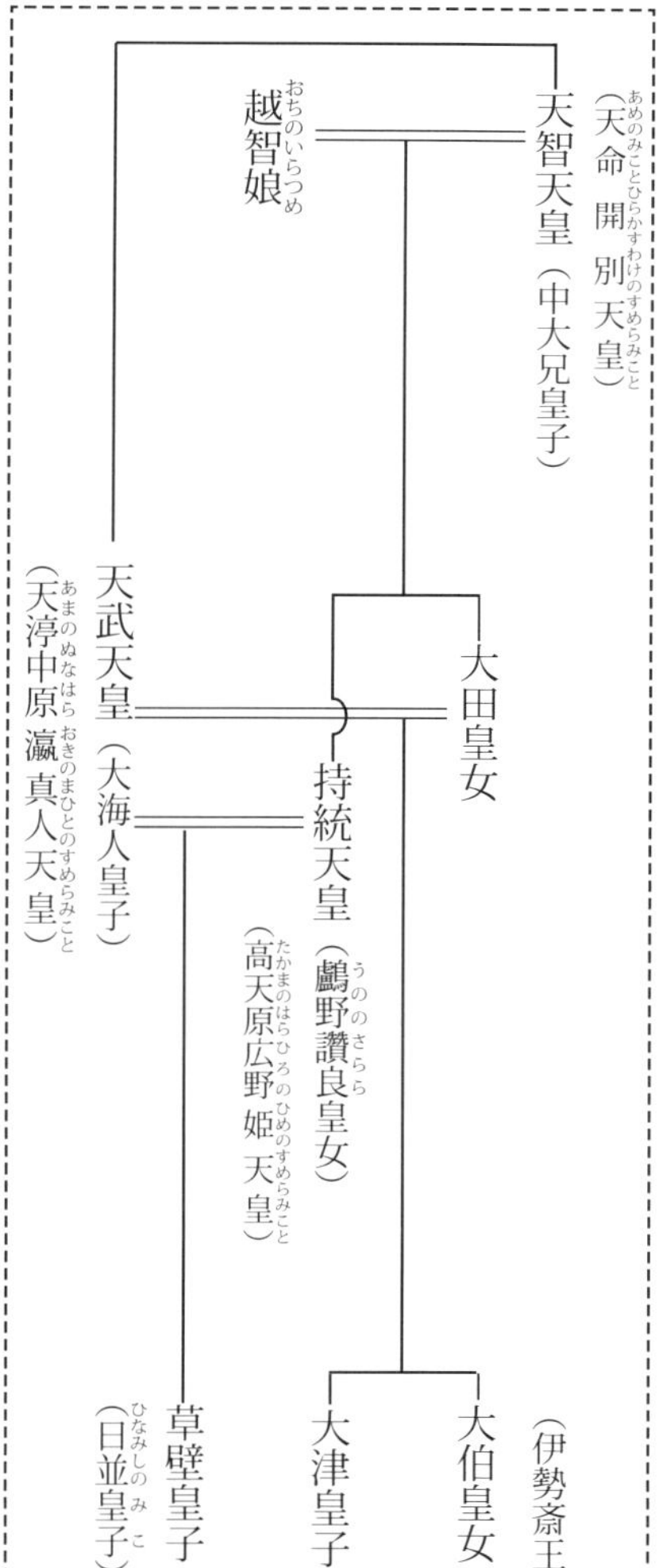

草壁にとって大津はいわば恋敵《こいがたき》、たとえ大名児に大津への恋心があったとしてもそれは許されぬ恋……皇位を争う皇子の間にそんな三角関係が生じた。お互いの立場が立場だけに、大名児を巡って二人の間に暗雲が立ちこめてくるようだ。

大名児の心が草壁になくとも、草壁が彼女に執着する限り、大津と大名児は人目を忍んで逢わざるを得ない。しかし鸕野讚良皇后(後の持統天皇)は、津守連通に大津を監視させていた。そして、我が子草壁をもどかしく思いつつも、大津に対する嫉妬心を膨らませていた……。

「大津も自重していたのです。ところが草壁が皇太子となってからは、大津は妙にこだわったような気がいたします」

「皇太子にだけは負けたくないと――」

最後のひと言は、友一郎の独り言だった。

日本最古の漢詩集である『懐風藻《かいふうそう》』は、大津皇子について「状貌魁梧《じょうぼうかいご》、器宇峻遠《きうしゅんえん》、幼年にして学を好み、博覧にして能《よ》く文を属《つづ》る。壮《さかり》なるに及びて武を愛《この》み、多力にしてよく剣を撃《う》つ。性頗《すこぶ》る放蕩《ほうとう》にして、法度《ほうど》に拘わらず、節を降《くだ》して士を礼《ゐや》びたまふ。是《こ》れによりて人多く付託す」と最大級の賛辞を呈している。

体格、容姿ともに逞《たくま》しく、かつ寛大。幼い頃より学問を好み、書物をよく読み、その知識は深く、見事な文章を書いた。成人してからは武芸を好み、巧みに剣を扱った。その人柄は自由奔放で規則にこだわらず、皇子でありながら謙虚な態度をとり、人士を厚く遇した。このため多くの人が大津皇子の人柄を慕い、信望も厚かった――『日本書紀』の内容とも通じるところがあり、やはり大津皇子が相当な人物であったことが窺われる。

しかし、「性頗《すこぶ》る放蕩《ほうとう》にして、法度《ほうど》に拘わらず」という表現が物語るように、皇后の監視下での石川郎女との交わりは、皇位を競う立場にいる皇子の行動としては軽率だったかもしれない。草壁を皇位につけたいと願う皇后の心情を考えれば、大津の行いは配慮に欠けていた。

「大津皇子が監視されていたとすると、皇后が新羅《しらぎ》の僧を使い、つまり囮《おとり》にして、大津が謀反を企てているように見せかける罠を仕組んだというようなことは……？」

友一郎は、歴史の真実を引き出そうと、新羅の僧行心《こうしん》のことを持ち出した。

行心が「太子の骨法《こつぽう》、是《こ》れ人臣の相《そう》にあらず、此《こ》れを以ちて久しく下位にあらば、恐るらくは身を全《まつた》くせざらむ」と逆謀《ぎやくぼう》を大津皇子に唆《そそのか》したことが、『懐風藻』に書かれている。その行心は飛騨の寺に遷《うつ》された。

「大津の評判が高かったことは誰しもが認めるところです。そんな大津に取り入ろうとして、虚実織り交ぜ、巧言を弄《ろう》して近づく者も多うございました。大津はそれをうっとうしく思い、極力避けようとしていたと、意美麻呂《おみまろ》どのは申されました」

「……えっ！」

おもむろに彼女の口から出たひと言に友一郎は驚いた。――どうして、男子禁制の伊勢の斎王である大伯と中臣意美麻呂が会うことができるのだ⁉

「あなたが中臣意美麻呂と会って連絡をとっておられたとは……意外です」

「意美麻呂どのは伊勢神宮の祭主をなさっておられましたから――。あの方を通じて、都のことは耳にしておりました」

「ということは、大津皇子のことも――」

「………」

尼僧は何も言わず、わずかに頷いた。

中臣家は代々、神事を掌《つかさど》る家柄である。この時期、中臣意美麻呂が伊勢神宮の祭主をしていたことが、伊勢神宮の『二所太神宮例文《にしょだいじんぐうれいぶん》』に記録されている。

友一郎は少し疑問が解けたような気がした。

大伯は世情のことを意美麻呂から聞き、大津が苦しい状況にあることを知っていた。それゆえ、大津の身を案じていた。とはいえ、どうすることもできない自分の身をもどかしく、また恨めしく思っていたのだった。

尼僧は、先ほどの問いに答えようとして口を開いた。

「……行心さまは罠を仕掛けるような方ではございません。きっと大津のことを案じておられたのだと存じます。ただ朝廷の中には新羅のことを快く思わない者が多くいたことも事実でございます」

「では先ほどの津守の歌にあったように、……つまり大津皇子が石川郎女と通じたことがまずかったのでは……」

「一人の采女をめぐる恋の行く末など、政《まつりごと》においては所詮、小事にすぎないことでございます」

尼僧の言うとおりだろう。友一郎は行き詰まった。それでしばらく思案していたら、もしかすると、大伯は意美麻呂を通して謀反の一部始終を知っていたのでは――ふとそんな気がしてきた。

「あなたは先ほど、中臣意美麻呂から都のことを耳にしていたと話されました。たしか大津皇子は処刑される直前に、伊勢の斎宮にいるあなたに会いに行《ゆ》かれたはずですね。しかも伊勢には意美麻呂もいた……。きっとあなたは大津皇子から何かを聞かれたに違いない、そうでしょう？」

「……私は伊勢の斎宮《いつきのみや》の斎王《いつきのみこ》として、高天原《たかまのはら》に座《ま》します大倭根子《おおやまとねこ》天皇《すめらみこと》の皇御祖《すめみおや》、天照《あまてらす》大神宮《おおみかみのみや》にお仕えせし身でしたゆえ、政《まつりごと》のことは……」

彼女は答えることを避けた。曇らせた顔から漏れた吐息が白かった。

「そんなはずは――」

そんなはずはないでしょう――と言いかけて、それ以上言うのを躊躇《ちゅうちょ》した。まるで詰問するかのように力みかけている自分に、はっとしたのだった。

尼僧はためらっていたが、しばらくして口を開いた。

「……はい……」

わずかに聞こえる程度の小さな声だった。

「私が泊瀬《はつせ》の斎宮に入ったのは十三歳の時でございました。あれ以来愛しき弟とは離れ離れの身の上、十三年ぶりに再会することが叶いました……」

思いがこみ上げてきたのか、尼僧の声が詰まった。

「……大津と別れし時、大津はまだ十一歳の可愛き少年でございました。そして二十四歳の立派な皇子となられて突如、私の前に現れたのでございます」

「禁を犯してまであなたに会いに行かれたのは、余程のことだったのでしょうね?」

答えはなかった。友一郎は重ねて尋ねた。

「謀反の狼煙《のろし》を上げる前に、あなたに最期のお別れをするためではなかったのですか?」

「……大津は私と会う前に意美麻呂どのと会っていたようですが……」

「えっ、やはりあなたは二人の密議の内容を訊かれたのではありませんか？　たしか中臣意美麻呂とは、大津皇子と共に捕らえられた方ですよね」

　意外な事実に、思わず力が入った。大津の伊勢下向の真の目的は、姉大伯に会うことではなく、意美麻呂との謀議のためではなかったかと……。

三　中臣寿詞と〈天の二上〉

　雪はまだ止む気配はなかった。寺の境内は雪で靄《もや》ったままだ。この世のものとは思えない幻想的な気配が漂っていた。白雪《はくせつ》幽玄の世界……。

　彼女は黙って天を仰ぎ見ていた。そして友一郎の問いには答えず、おもむろに祝詞《のりと》らしきものを唱え始めた。


　――現《あま》つ御神《みかみ》と大八嶋国《おおやしまくに》知ろし食《め》す大倭根子天皇《おおやまとねこすめら》が御前《みまえ》に、天《あま》つ神の寿詞《よごと》を称《たた》へ辞定《ことさだめ》め奉らくと申《まを》す。高天《たかま》の原に神留《かむつま》り座《ま》す皇親神漏岐《すめらがむつかむろぎ》・神漏美《かむろみ》の命《みこと》を持ちて、八百万《やほよろず》の神等《かみたち》を集《つど》へ賜ひて、皇孫《すめみま》の尊《みこと》は高天の原に事始めて、豊葦原《とよあしはら》の瑞穂《みずほ》の国を安国《やすくに》と平《たひ》らけく知ろし食《め》して、天つ日嗣《ひつぎ》の天つ高御座《たかみくら》に御座《ましまし》して、天つ御膳《みけ》の長御膳《ながみけ》の遠御膳《とほみけ》と、千秋の五百秋《いほあき》に瑞穂を平らけく安けく由庭《ゆにわ》に所知食《きこしめ》せと事依《ことよ》さし奉りて、天降《あまくだ》り座《ま》し後《のち》に、中臣の遠《とほ》つ祖《おや》天《あめの》児《こ》屋《や》根命《ねのみこと》、皇御孫尊《すめみまのみこと》の御前《みまえ》に仕へ奉りて、天忍雲根神《あめのおしくもねのかみ》を〈天《あめ》の二《ふた》上《かみ》〉に奉《たてまつり》上《あげ》て、神漏岐・神漏美の命の前に受け給はり申すに、皇御孫尊の御膳《みけ》つ水は、うつし国の水に、〈天つ水〉を加へ奉らむと申せと、事教《ことおし》へ給ひしに依りて、天忍雲根神、天の浮雲《うきくも》に乗りて、〈天の二上〉に上り座《ま》して、神漏岐・神漏美の命の前に申せば、天の玉櫛《たまくし》を事依《ことよ》さし奉りて、此の玉櫛を刺し立てて、夕日より朝日の照るに至るまで、天つ詔戸《のりと》の太詔刀言《ふとのりとごと》を以《も》て告《の》れ。かく告らば、まちは弱韮《わかひる》にゆつ五百《いほ》篁《たかむら》生《お》ひ出《い》でむ。其の下《もと》より天の八井《やき》出でむ。此を持ちて〈天つ水〉と聞こし食《め》せと事依さし奉りき……。

祝詞は滔々《とうとう》と続いた。彼女の吐く息が白い。友一郎は降りしきる雪の中、寒さに堪えながら、その厳かな旋律を聞いていた。

「大嶋どのの働きで大津は、中臣の遠《とほ》つ祖《おや》天《あまの》児《こ》屋《や》根命《ねのみこと》が支配せし二上山《ふたかみやま》に移し葬《はぶ》ることができました。持統天皇即位に際し、大嶋どのは、大津の眠る〈天《あめ》の二上《ふたかみ》〉を中臣寿詞《なかとみのよごと》の中に読み上げてくれたのでございます」

「その『中臣寿詞』というのは？　よく分からないのですが……」

理解のできない言葉や神の名が続いていた。彼の頭の中は霧の中にいるような朧《ろう》とした状態だった。

「皇后であらせます鸕野讃良さまが高天原広野姫天皇《たかまのはらひろのひめのすめらみこと》（持統天皇）として即位なされたとき、神祇伯《かむづかさのかみ》中臣大嶋どのが奏上された天神寿詞《あまつかみのよごと》です。人はこれを中臣寿詞と申しております」

「……あ、はい……」

友一郎は生返事をした。やはり理解できなかった。

「高天の原におられます天皇《すめらみこと》の皇祖神のカムロキ・カムロミの男女二人の神により、その皇《すめ》孫《みま》である天皇に、稲穂の稔り豊かな豊葦原《とよあしはら》の瑞穂《みづほ》の国を治めることが委ねられます。皇孫の降臨後、中臣氏の祖神であるアメノコヤネの命が、皇孫の食膳に神聖な〈天つ水〉を献上するため、アメノオシクモネの神を〈天の二上〉に上らせました。そうしてカムロキ・カムロミから神聖な玉串が授けられました。その玉串を地面に刺し立て祝詞を唱えると〈天つ水〉が湧き出すから、その水を天皇の食膳に差し出しなさいと申されました。天皇はその水を口にすることにより、霊的な力を得ることができるのでございます」

友一郎が意味が分からず戸惑っているのを慮《おもんぱか》ってか、尼僧は中臣寿詞の意味を語った。

それでわずかながらも、〈天の二上〉……二上山のもつ神聖さが友一郎にも伝わってきた。

二上山が〈天の二上〉と呼ばれる由縁が、中臣寿詞こと天神寿詞に内在していたこと、その天神寿詞は持統天皇即位式に中臣大嶋によって奏上されたこと、〈天の二上〉は中臣氏の祖先神である天児屋根命《あめのこやねのみこと》が支配する神聖な山であり、天皇の霊力は〈天の二上〉から湧き出る〈天つ水〉によって得られることなど——。

しかし持統は大津皇子を抹殺したその人ではないか。実の姉の子を殺して心は痛まなかったのだろうか。しかもことともあろうに、この世に怨みを残して死んだであろう実の甥の遺体をわざわざ二上山に移葬し、〈天の二上〉を称えんばかりの中臣寿詞を即位式で詠まさせ、〈天の二上〉の水を聖水として飲む——その神経が理解できなかった。

果たして持統はそこまで非情な女性であったのだろうか。いやそうではなく、神聖な二上山に大津皇子が移葬されたのは、大津が謀反人などではなく、潔白であったことが証明されたからではないのか、もしかすると、二上山への移葬と中臣寿詞奏上には、持統の悔恨と贖罪の意味が込められていたのかもしれない……。

尼僧から中臣寿詞の意味を聞いたにもかかわらず、ますます謎は膨らんでいくばかりだった。さまざまな疑問が沸々と湧き出し、絡み合うかのように渦巻いていた。

四　潜龍の皇子

大津皇子の屍を葛城の二上山に移し葬し時、大伯皇女哀傷して作られた御歌

うつそみの　人なる我や　明日よりは　二上山《ふたかみやま》を弟《いろせ》と我が見む

〔『万葉集』巻二・一六五〕

生きて現世に残っている私（大伯）は、明日からはこの二上山を私の弟と思って慕《した》い偲んでいきましょう、という切ない歌が『万葉集』に残っている。この歌によって、大津皇子の遺体はいったんどこかに埋められ、その後に改めて二上山へ移葬されたのではないかと解されている。おそらくは、大津の骸《むくろ》は謀反人のそれとして粗末に扱われたことであろう。墓が造られたのかすらも疑わしい。あまりにも惨めで苦痛に満ちた死後の世界……六道輪廻《ろくどうりんね》では人間道以下の、そのまた下の修羅道にも劣る畜生道、いや餓鬼道《がきどう》の扱いだった。大津の魂にとって、移葬はその惨めな暗闇の世界からの甦生《こうせい》だ……。

「この世に怨みを残したまま他界した大津の魂を慰撫《いぶ》してやらねばなりません。さもなくばその魂は災いの元となりかねません」

そこまで言うと、尼僧は二上山の方を見上げた。

山は雪と靄に霞んで見えなかった。そして白い闇の向こうにあるはずの山の頂を見つめるように話を続けた。

「尊き霊は天上を望み、高き山に上ることによって安らぎを得るのでございます。……しかし中臣寿詞にもありますように、二上山は〈天《あめ》の二上《ふたかみ》〉とも呼ばれる神聖な山でございます。中臣家にとっても遠《とほ》つ祖《おや》天児屋根命《あめのこやねのみこと》と縁《ゆか》り多き山、しかも二上山の〈天つ水〉は、皇孫《すめみま》の尊《みこと》によって授けられし天上の霊威籠《こ》もれる水でございます。天皇《すめらみこと》は、その霊水を日々口にすることによって霊的な力を得ることができる神聖な水でございます。そのような二上山に、謀反人の大津の屍《しかばね》を葬るわけにはいかぬ、と意美麻呂どのは躊躇なされました……」

「……なるほど、分かるような気がします」

友一郎は先ほど来の謎の一つが解けたような気がして、素直に相づちを打った。やはり中臣氏には、大津の遺体を二上山に移葬することに抵抗があった。当然のことだろう……。

「神聖なる〈天の二上〉に大津の屍を埋葬するためには、まず大津の〈天つ罪〉の穢《けが》れを取り除かねばなりません。そのためには大津の冤罪を晴らさねばなりませんが、皇后としては冤罪を認めることは即ち自らの過ちを認めること、また密告した河島皇子は嘘をついたことになります。大津を取り調べた者、処刑した者たちすべてに災いが及びかねません。彼らすべてが、大津の荒霊《あらみたま》に死後の世界まで苦しめられるやもしれぬのです。そのために大赦が行われました。これをご覧になってください」

尼僧はそう言うと、古びた『大般若経』の巻物を差し出した。巻首の首題の上には「薬師寺印」の朱印二顆《か》と本文料紙《りょうし》の背に「薬師寺金堂」という黒長方印《こくちょうほういん》が捺《お》されていた。

「これは？」

友一郎には解せなかった。手には取ってみたものの首を傾げるばかりであった。

「これは『大般若経』の写経の内の一巻です。ご覧いただきたいのは、この奥書《おくがき》でございます」

どうやらそれは、奈良時代に写経された『大般若経』六百巻の第十一巻で、鎌倉時代に書き加えられた奥書には次のように記されていた。

建久九年七月比、依二去年祈雨衆議一、学律相共令二修補一之内、五師大法師証禅分、手自
営　修二補之一、
当寺古老隆縁五師云、此経西海浦浮寄、其横銘云、日本王為レ子修繕、仍送レ之云々、仍
於二掃守寺一以二此経一修二般若会一、而依二洪水一当寺衆不レ渡、依レ之当寺修二此会一、即□
□一部、法花・最勝□当寺、於横者掃守倉留レ之、掃守寺古老面話□

□の部分は傷みがひどい。とはいえ友一郎はさっぱり意味が分からない。そのようす

をみていた尼僧は、この奥書を解読しはじめた。

「薬師寺の古老である隆縁《りゅうえん》五師さまが申されるには、この経は西海浦に流れ着いたものとのことでございました。経箱にある日本王とは持統天皇のことと存じますが、その王の子のために修善《しゅぜん》が行われるということゆえこの経を送る、と書いてございました。この王の子とは素直に読めば、草壁皇子ということになりましょうが、実は大津のことでございます。新羅の神文王《しんぶんおう》が、大津が亡くなったことを聞かれ、その供養のために持統天皇宛に『大般若経』を送ってこられたのでございます。それでこの神文王思《おぼ》し召しの経典により、掃守寺《かもりでら》で、……掃守寺はこの石光寺のすぐ側《そば》にあるお寺でございますが、そこへ藤原京の本薬師寺の僧を招かれ、大般若会をなされようとしたのですが、大雨が降り洪水が起こって川を渡ることができませんでした。それで仕方なく本薬師寺で大般若会が執り行われたと――」

「どうして日本王の子が草壁皇子ではなく、大津皇子なのですか？　なぜ持統天皇は、掃守寺で大津皇子の修善のための大般若会を行おうとしたのですか？　経典を送った新羅国王は行心《こうしん》と何か関係があるのですか？」

友一郎は矢継ぎ早《ばや》に質問を重ねた。

「その前に断っておきますが、このとき皇后はまだ即位なさっておりませんでした。皇后は即位前に大般若会をなされようとしたのです」

尼僧は持統が即位していないことを前置きした。友一郎が頷くと、彼女は『薬師寺縁起』と書かれた巻物を差し出した。

「申し訳ありませんが、私には読むことができません。一体、何が書いてあるのですか？」

度重なる古い文献、それで戸惑っていると、彼女は一呼吸を置いてから、静かに縁起を読み始めた。

――今案ずるに、伝えて言う。大津皇子、世を厭《いと》い、不多神山《ふたかみやま》（二上山）に籠居《ろうきょ》したまう。而《しか》るに謀告《ぶこく》に依って掃守司蔵《かもりのしぞう》に禁ぜられること七日なり。皇子忽《たちま》ちに悪龍と成り、雲に騰《のぼ》り毒を吐き、天下静かならず。朝廷《みかど》これを憂えたまう。義淵《ぎえん》僧正は皇子の平生の師なり。仍《よつ》て修円《しゅうえん》に勅《ちょく》して、悪霊《あくりょう》を呪《しゅう》せたまう。而《しか》るに念気未だ平《たいら》げず。即《すなわ》ち修円空《そら》を仰いで、一字千金と呼ぶ。悪霊承諾《うべな》う。仍《よつ》て皇子の為に寺を建て、名づけて龍峯寺《りゅうほうじ》と曰《い》う。葛下《かつげ》の郡に在り。掃守寺《かもりのでら》是なり。又七月廾《にじゅう》三日、宣旨を薬師寺に賜り、六十口の僧を請《こ》い定め、威・従四人、七ケ日の間、大般若経を転読せしめたまう。

彼女の読んだ縁起の内容を確認しつつ、友一郎は『薬師寺縁起』の文面をたしかめた。今、

彼女が読んだ本文の前には、

大来皇女　最初は斎宮《いつきのみや》なり。神亀二年を以て清御原《きよみがはら》天皇の奉為《おほんため》に昌福寺《しょうふくじ》を建立したまふ。伊賀国名張郡に在り。

大津皇子　持統天皇四年庚寅《かのえとら》正月、大津親王等を禁じ、即ち害殺せらるなり云々。

と書かれていた。

清御原天皇とは大伯（大来）の父天武天皇のことである。また昌福寺とは、三重県名張市にある夏見廃寺のこととされている。その夏見廃寺跡から出土した塼仏《せんぶつ》と、今、友一郎が迷い込んでいる石光寺からは同笵の塼仏が出土している。不思議な因縁ではないか。

頃合いを見はかってから、尼僧は話を続けた。

「先ほどの『大般若経』の裏書と、『薬師寺縁起』から分かっていただけたと存じますが、皇后は大津皇子の霊を鎮めるために大般若会をなされようとしたのです――」

「ところが洪水が起きて、本薬師寺の僧が掃守寺に行くことができなかったと……」

友一郎は尼僧の言葉を遮って、結論を急いだ。

「本薬師寺から掃守寺に参るためには、百済川《くだらのかわ》、蘇我川《そがのかわ》、葛城川《かつらぎのかわ》、当麻衢川《たぎまのちまたのかわ》などを渡らなねばなりません。大和を護《まも》る神々がお怒りになると、川は氾濫いたします。田畑も水に浸かり、瑞穂《みずほ》の国が嘆き悲しむのでございます」

「豊葦原の川の氾濫は大津の怒りだというわけですか？」

「大和の国に降った天《あめ》の水は、百済川《くだらのかわ》、蘇我川《そがのかわ》、葛城川《かつらぎのかわ》などの川から大和川に集められ、片岡山《かたおかのやま》と竜田山《たつたのやま》の間を通って河内の国から大海原へと流れていきます。そうして大和の国の穢《けが》れが祓《はら》われていくのです。天皇はこの大和川の岸、広瀬に大忌神《おおいみきのかみ》を祀られたのでございます」

それはかつては大王《おおきみ》と呼ばれた天皇にしか分からない畏怖というものかもしれない——そんな気がした。

「はるか古《いにしえ》、大王はマツリゴトを行いました。やがて政（マツリゴト）と神祀り（カミマツリ）が分離しました。広瀬には大和の川が集まり、タタリ神である大忌神がお怒りになると川は氾濫します。……天皇は竜田や広瀬の神の前で大祓《おおはら》えを何度もなされました。それでも大地は鳴動し、川は猛り狂うかの如く溢れました……」

天武朝の頃、広瀬の大忌神は国家神に昇格し、神祇令祭祀《じんぎりようさいし》に組み入れられていた。

「それで『掃守寺に於て此経を以て般若会を修せんとす、而して洪水に依り当寺衆渡れず……』ですか。『此経』とは、大津皇子供養のために新羅の神文王が贈られた大般若経、『当寺衆』とは本薬師寺の僧侶たち……。しかし大津の魂が怒っているかのように川は氾濫した……というわけですか」

尼僧が差し出した『大般若経』の写経に記された裏書の意味を噛みしめながら、友一郎はその一節を復唱した。

『懐風藻』はその序文に、大津皇子のことを「潜龍《せんりゆう》の王子」と記している。大津皇子の「志《こころばへ》を述《の》ぶ」という七言詩の後ろに、「後人《こうじん》の聯句《れんく》」と題した詩が載せられている。

赤雀含書時不至　　赤雀《せきじやく》書《ふみ》を含《ふく》む時至《いた》らず、
潜龍勿用未安寝　　潜龍《せんりゆう》用《もち》ゐること勿《な》く未《いま》だ寝《い》も安《やす》みせず

いつの頃から大津は「潜龍の王子」と言われていたのであろうか。『薬師寺縁起』と『懐風藻』を重ね合わせると、「潜龍」という文字の中に、その運命に葛藤し、踠《もが》き苦しむ一人の若者としての大津像が浮かび上がってくる。

「これは大津の詩に対する聯句です。その前の大津の詩はこれでございます」

と尼僧は前置きし、大津の詩を小声で吟じた。

天紙風筆畫雲鶴　天《てん》紙《し》風《ふう》筆《ひつ》雲《うん》鶴《かく》を畫《えが》き、
山機霜杼織葉錦　山《さん》機《き》霜《そう》杼《ちょ》葉《よう》錦《きん》を織らむ

「『潜龍用ゐること勿く未だ寝も安みせず』という後人の聯句がなければ、紅葉した山野を風に乗って鳥のように自由に飛びたいと、大津が狩をしたときの心境を他愛なく詩にしたものとばかり思っておりました。しかし、後ろの詩と重ね合わせてみましたら、胸が詰まりました」

「誰がこの詩を継ぎ足したのですか？」

「存じません。中国の『文選《もんぜん》』の中に、謝霊運《しゃれいうん》の『池の上《ほとり》の楼に登る』という詩がございます。『潜虬《せんきゅう》は幽姿《ゆうし》を媚《いろめか》し、飛ぶ鴻《おおとり》は遠き音を響かす。霄《そら》に薄《とどま》りて雲に浮かべるを愧《は》じ、川に棲《す》みて淵に沈めるを怍《は》ず。徳《とく》を進《みが》かんとするも智の拙なる所《ため》、耕に退かんとするも力は任《た》えず』、水に潜む虬《みずち》（魏の張揖《ちょうゆう》の『広雅《こうが》』によると角《つの》のある龍を「虬龍《きゅうりゅう》」という）はその姿が麗しく、空を飛ぶ鴻《おおとり》は遠くからその声を響かす。だが自分は空の雲に浮かぼうとしては萎縮し、川に棲み淵の底に身を潜めることもできない。君子となって徳を世に広めることもできない……。追い詰められ自由にならないもどかしさや、やるせなさが伝わってくるようです。地位も志もありながら許されない――大津がそのように苦悩していたのかと思うと、胸が打ち震えてまいります……」

尼僧は誰がその聯句を作ったのかを知っているように思えた。苦しそうに言葉を打ち切り、哀しそうな目をして弥勒堂を眺めていた。

しばらくして少し気分が落ちついたのか、彼女は再び語りだした。

「やがて大津は『潜龍の王子』と呼ばれるようになりました。非業の死、無念を残した死であったと後世の人も認めてくれたのでしょう……ああ、潜龍の皇子が怒っていると――」

五　祓へ給ひ清め給え

やはり大津は死後、龍に喩《たと》えられたのだろうか。中国では龍は帝王のこと、だとすれば、大津は本当の龍にはなり得なかった不運な龍であったということか……。

尼僧の話を聞き終えた友一郎は、この雪空のように重苦しく気鬱《きうつ》になっていた。

「……天《あま》つ神、国《くに》つ神が怒っている、天の秩序や国の秩序が乱れて神々が怒っている、そしてその根源は大津の荒魂《あらみたま》、いやもっと災いをもたらす凶癘魂《きようれいこん》にあると考えました。大津は罪事《つみごと》をなし、神々の心を乱しました。しかしそれは大津が謀反を企てたということでありません。たしかに大津には罪過はございましたが、死を賜るほどの罪業《ざいごう》はございません。意美麻呂どのも同じ考えでした。魂鎮《たましず》めとしての殯《もがり》も行われず、まことに不憫でございます。大津の荒びた魂を鎮め、謀反人としての穢れを取り除かねばならぬ、然《さ》もなくば天皇家と中臣家にとって神聖なる〈天の二上〉に移葬することが叶わぬ、ゆえにこれまで以上の大祓《おおはら》えが必要になる、とあの方は申されました」

「といいますと……」

「今まで以上の大祓えを行うには天津祝詞《あまつのりと》の太祝詞《ふとのりと》を変えねばならぬ、太祝詞は伊勢神宮に伝わる祓《はらい》の詞《ことば》を元としているゆえ、伊勢の斎王であった私に一緒に考えてくれ、と申されたのです。

伊勢の斎宮のちょうど真西《まにし》に二上山《ふたかみやま》がございます。日の神は東の伊勢の海に昇られ、西の二上山に沈まれます。私は大津の罪が消え、その〈天の二上〉に葬られるのかと思うと嬉しさがこみ上げてまいりました。意美麻呂どのは、大祓えを行った上で大津を二上山に移葬し、神祇伯《かむづかさのかみ》である我が中臣の朝臣《あそん》大嶋どのが天神寿詞《あまつかみのよごと》を読み上げ、皇后が天皇として即位されることを奏上する、然《さ》すれば大津の霊も鎮まるのではないかと申されました。」

このとき藤原（中臣）朝臣大嶋は神祇伯であった。神祇官の長官である。大嶋の伯父、中臣金連《かねのむらじ》は近江朝の右大臣だったが祭祀もつかさどり、祝詞を奏し神事を宣《の》っていた。天皇即位に際して中臣寿詞を読むのは大嶋が適任だった。なにしろ、中臣家は代々、天皇の皇祖神およびその後裔である皇孫の中をとりもち、本と末を中らふる人、つまり神意をとりもち祭祀を分掌する〝中の臣〟の家柄であったから……。

『藤氏家伝』に、「世々天地の祭を掌り、神人の間を相和す、仍つて其の氏に命じて中臣と曰ふ」とある。鎌足や金連《かねのむらじ》亡き後は、大嶋がその藤原・中臣家の氏上《うじがみ》であった。

後に大祓詞《おおはらえのことば》、あるいは中臣祓詞《なかとみのはらえのことば》と呼ばれる祝詞について、江戸時代の国学者、平田篤胤《あつたね》は、伊勢神宮に伝わる「一切成就祓《いっさいじょうじゅのはらい》の詞《ことば》」こそが天津祝詞《あまつのりと》の太祝詞《ふとのりと》だと述べている。

そのためだろうか、中臣寿詞の中にも「天つ詔戸《のりと》の太詔戸言《ふとのりとごと》を以《も》て告《の》れ」とある。

――大津の霊を鎮め清めるためには、大祓えの太祝詞が必要だったのでございます。

彼女はそう言うと、再び祝詞を唱え始めた。

――高天原《たかまのはら》に神留《かむづま》り坐《ま》す　皇親神漏岐《すめらがむつかむろぎ》　神漏美《かむろみ》の命以《みことも》ちて　八百《やほ》萬神等《よろづのかみたち》を神集《かむつど》へに集《つど》へ賜《たま》ひ　神議《かむはか》りに議《はか》り賜《たま》ひて　我《あ》が皇御孫命《すめみまのみこと》は　豊葦原瑞穂国《とよあしはらのみづほのくに》を　安国《やすくに》と平《たひ》らけく知《し》ろし食《め》せと　事依《ことよ》さし奉《まつ》りき　此《か》く依《よ》さし奉《まつ》り……

中臣寿詞と似ている――友一郎は一瞬そう思ったが、微妙に内容が異なっていることに気づいた。

――知《し》ろし食《め》さむ国中《くぬち》に成《な》り出《い》でむ天《あま》の益人等《ますひとら》が　過《あやま》ち犯《おか》しけむ種種《くさぐさ》の罪事《つみごと》は　天《あま》つ罪《つみ》
国《くに》つ罪《つみ》　許許太久《ここだく》の罪《つみ》出《い》でむ……

友一郎の耳に「過《あやま》ち犯《おか》しけむ……天《あま》つ罪《つみ》　国《くに》つ罪《つみ》」という言葉が入ってきた。何かの贖罪のための祈祷なのだろうか？　友一郎は耳を傾けた。

――国《くに》つ神《かみ》は高山《たかやま》の末《すゑ》　短山《ひきやま》の末《すゑ》に上《のぼ》り坐《ま》して　高山《たかやま》の伊褒理《いぼり》　短山《ひきやま》の伊褒理《いぼり》を掻《か》き別《わ》けて聞《き》こし食《め》さむ　此《か》く聞《き》こし食《め》してば　罪《つみ》と言《い》ふ罪《つみ》は在《あ》らじと　科戸《しなど》の風《かぜ》の天《あめ》の八重《やへ》雲《ぐも》を吹《ふ》き放《はな》つ事《こと》の如《ごと》く　朝《あした》の御霧《みぎり》　夕《ゆうべ》の御霧《みぎり》を　朝風《あさかぜ》　夕風《ゆうかぜ》の吹《ふ》き払《はら》ふ事《こと》の如《ごと》く　大《おほ》津辺《つべ》に居《を》る大船《おほふね》を　舳《へ》解《と》き放《はな》ち　艫《とも》解《と》き放《はな》ちて　大海原《おほうなばら》に押《お》し放《はな》つ事《こと》の如《ごと》く　彼方《をちかた》の繁木《しげき》が本《もと》を　焼鎌《やきがま》の敏鎌《とがま》以《も》ちて　打《う》ち掃《はら》ふ事《こと》の如《ごと》く　遺《のこ》る罪《つみ》は在《あ》らじと　祓《はら》へ給《たま》ひ清《きよ》め給《たま》ふ事《こと》を　高山《たかやま》の末《すゑ》　短山《ひきやま》の末《すゑ》より　佐久那太理《さくなだり》に落《お》ち多岐《たぎ》つ　速川《はやかわ》の瀬《せ》に坐《ま》す瀬織《せおり》津比売《つひめ》と言《い》ふ神《かみ》　大海原《おほうなばら》に持《も》ち出《い》でなむ……

長い祝詞が続いた。ようやくのこと祝詞の奏上が終わったとき、友一郎は待ちかねたように疑問をぶつけた。

「これは……？　どこか中臣寿詞にも似ているような……」

「これが天津祝詞《あまつのりと》の太祝詞《ふとのりと》を改めた大祓詞《おおはらえのことば》、すなわち中臣祓詞《なかとみのはらえのことば》でございます。過ち犯しけむ天つ罪、国つ罪を大海原に流し去るための祓えでございます」

友一郎はその意味が皆目、理解できなかった。しかし尼僧はそれ以上は語らなかった。相変わらず降りしきる雪が彼女の頭や肩を白く染め、雪靄の中に溶け込んでいた。

「あなたに見せたいものがございます。しばらく目を閉じていただけますか」

おもむろに、尼僧は言った。

「えっ……」

友一郎は戸惑い、不安を覚えたが、言われるがままに瞼《まぶた》を閉じた。一瞬の出来事だった。

またしても彼は意識を失った。

第一章　山のしづくに

一　片岡にて

春霞の大和の野辺はのどかだ。若菜が芽生え、山桜などの花が咲き乱れる。一面に咲き誇るといった艶《あで》やかさではなく、田や畑の風景を和やかに彩っている。青垣の山々がなだらかに連なり、白い雲がうっすらとした水色の空にとけあっている。鶯《うぐいす》など小鳥たちも、里の春の悦びを奏でているようだ。

——河島、やはり春はいいなあ。

大津皇子が馬の足を止めて景色を眺めながら、感慨深げに言った。隣にいるのは河島皇子だ。二人は春の日和に誘われて久しぶりに騎馬での遠出を楽しんでいた。

——ああ、ここしばらく勉学に励んでいたからなあ……。

——そうだな。しかしいくら学んでも学びきれぬ。

ぬか。

——大津は偉いなあ。俺にはしんどい。ところで、天皇は最近、厳しくなられたとは思わ

——天皇は先の天智帝が目指された律令による国づくりを急いでおられる。天皇を中心とした強い国家を目指されている。ところがこれを望まぬ豪族たちも多い。特に有力な豪族たちだ。彼らの中には、天皇の力が強まると自分たちが遠ざけられると思っている者もいる。白村江《はくすきのえ》の戦いや壬申の大乱で地方は疲弊している。農民だけでなく、国造《くにのみやつこ》・伴造《とものみやつこ》たちの中にも不満をもつ者も多いと聞く。だからこそ、我ら皇親は力を合わせねばならぬ。特に我ら皇子がしっかりせねばならぬ。天皇はそのようにお考えなのであろう。

——分かっている。だがな、俺はその壬申の大乱で敗れた大友皇子の弟なのだ。やはり肩身が狭い。それにいくら頑張っても先が見えているようで、虚しさを感じるときもある。

河島皇子がしみじみと言った。それを聞いている大津としても似たような吹っ切れない思いを抱いている。

（河島よ。そなたの気持ちはよく分かる。だがな、俺だってそうだ。いくら頑張ったところで皇太子になるのは皇后《きさき》の嫡子草壁に決まっている。こんなことは口に出して言えぬが、もしも母大田皇女が生きておられれば、鸕野《うの》皇后ではなく、母上が皇后になっていたことであろう。そうなれば皇太子は草壁でなく、俺がなる可能性の方が高いだろう。年下といえどそ

の差はわずか一つ、皆は俺の方が天皇に相応《ふさわ》しいと言ってくれる。しかし母上は亡くなってしまわれた……)

何度、同じことを思ったことであろうと、大津は自分の未練がましさに嫌気がさした。

——河島、あの野の花を見よ。畦や堤を見よ。池塘《ちとう》には春草生《しゅんそうしょう》じ……中国の謝霊運《しゃれいうん》の『池の上《ほとり》の楼に登る』という詩の有名な一節だ。春の花で彩られているが、薺《なずな》、母子草《ははこぐさ》、蘩蔞《はこべ》、菫《すみれ》、みんな一つ一つは小さな花で、一輪では野辺を彩れぬ。一輪では彩れぬが、たくさん集まるとこうして春の野辺を彩り、我らを楽しませてくれる。河島、そうは思わぬか。

大津は河島にではなく、己自身に言い聞かせていた。

——大津、そなたの言いたいことは分かる。言われずとも分かっている。分かってはいるのだが……。大津、これだけは分かってくれ。こんなことが言えるのはそなただけだ。

——ああ……。

大津が頷いた。

——河島、この春の景色を見ていたらこんな歌を思い出したぞ。

愚痴っぽい話は気が滅入ると思った大津は話題を変え、ある長歌のはじめの部分を気持ちよさそうに詠んだ。

霞立つ　長き春日《はるひ》の　暮れにける　わずきも知らず　むら肝《きも》の
心を痛み　ぬえこ鳥　うら泣けおれば……

〔『万葉集』巻一・五〕

——その歌なら知っている。たしかなことは知らぬが、舒明天皇が讃岐の国に行幸されたときに詠まれた歌ではないか。

——さすが河島。だから俺はそなたが好きだ。無骨者どもは歌を知らぬ。それにな、舒明帝は我らが祖父でもあるぞ。

——ああ。しかし、まだ日も高いのに「春日《はるひ》の　暮れにける」はちょっとおかしいぞ。

——そうだな。でもあの歌の後ろに「ますらをと　思へる我も　草枕　旅にしあれば　思ひ遣《や》る」とあるんだ。こんなのどかな日には、あの土手に咲き誇る花を草枕に寝転んでいたいなあと思えてくる。そうは思わんか？

——たしかに大津はますらおだからな。

ますらおとは偉丈夫、背が高く逞《たく》しい男のことをいう。

——こいつー。

と言いながら大津が笑っていた。河島も笑っていた。大津と河島は、騎馬でも狩でも、また和歌でも漢詩でも、文武共に競い合い、互いに評価し合う間柄だった。

――俺の今の気分はこうだ。

冬ごもり　春さり来れば　鳴かざりし　鳥も来鳴きぬ
咲かざりし　花も咲けれど

〔『万葉集』巻一・一六　額田王〕

今度は河島が歌った。「冬ごもりして勉強していたからな」と笑っている。爽やかな表情だ。さっきまでのうっとうしそうな顔はすっかり消えていた。

――額田王《ぬかたのおおきみ》の歌だな。藤原鎌足公の評に額田王が歌で答えられた。「咲かざりし花も咲けれど」か、さすがは額田王だ。この眺めは、そちの選んだ歌の方がぴったりだ。

大津も嬉しそうな顔をしている。大津に褒められて河島は満足げだった。

――そうだ河島、せっかく二上山の麓まで来たんだ。片岡に寄って、茅渟王《ちぬのおおきみ》の墓に参りたくなった。舒明帝の弟に当たられる方だし、祖母斉明帝の父君に当たる方だからな。

大津が提案した。

――茅渟王か。たしか片岡の葦田《あしだ》の墓に葬られた方だな。俺は行ったことがない。

――ちょうどいいじゃないか。まだ日は高い。

――おう。

河島が元気よく応じた。

葛下川や朝《あした》の原（葦田原《あしだのはら》）を眼下に眺めながら片岡谷を進んでいくと、壮大な五重塔が建てられているのが見えた。

――おい、あれを見ろ。あの建築中の寺は……？

河島が指を指し示して大津に尋ねた。

――ああ、あれは片岡の般若寺（現尼寺廃寺跡か・香芝市尼寺）だ。高市皇子が建てておられる寺だ。

大津が答えた。

――あの五重塔は北院だ。南の方を見てみろ。ほら、南院も同時に建てておられる。南院が建てられている場所は、聖徳太子の娘片岡女王《かたおかのひめみこ》の片岡宮があった所だ。片岡女王も山背《やましろの》大兄王《おおえのみこ》と一緒に蘇我入鹿に滅ぼされた。春米女王《つきしねのひめみこ》も、久波田女王《くはだのひめみこ》も手嶋女王《てしまのひめみこ》もだ。高市皇子は南院を片岡女王など不幸な末路を辿られた上宮《じょうぐう》王家の女王らを弔うための尼寺とされるそうだ。

大津の説明に河島が頷いた。二人は馬を降り、南院の方に向かって合掌し一礼した。

——じゃあ北院は？

合掌し終わった後、河島が尋ねた。それに大津が答えた。

——敏達《びたつ》王家の内、この地に縁《ゆかり》のある方と上宮王家の王たちを弔うものと聞いているが、詳しくは知らん。いずれにしても、入鹿によって聖徳太子ゆかりの二十三人もの王や女王が命を落とされた。悲惨な話だ。この片岡の地はもともとその上宮王家の領地だった。一族が滅亡されたため、片岡の一部や隣の広瀬を領地としていた高市皇子が残りの片岡を引き継がれた。それで高市皇子はその哀れな王や女王を弔いたいと考えておられるのだ。所領を引き継ぐにしても、まず不幸な魂を鎮めねば災いが起きるとな。それに片岡には茅渟王の葦田墓もあるし、馬見《うまみ》丘陵には茅渟王の父君である押坂彦人大兄皇子《おしさかひこひとのおおえのみこ》の成相墓《ならい》（牧野古墳《ばくや》〈奈良県北葛城郡広陵町〉に比定）もある。高市にとっても同じことだが、茅渟王は我らが祖母斉明天皇の父君、押坂彦人大兄皇子は我らが祖父舒明天皇の父君に当たられるお方だ。どちらも天皇になられるに相応しい血筋だ。ただ蘇我の力が強かったばかりに天皇になることが叶わなかった。そういう意味では蘇我に排除された上宮王家の方たちにも通じるところがある。

大津は心に期すものがあるのか、噛みしめるように語った。無論、河島も知っていたが、大津の話を黙って聞いていた。

——世の常とはいえ、哀れな話だな。

河島が相づちを打った。

——上宮王家の滅亡、乙巳《いつし》の変での入鹿誅殺《いるかちゆうさつ》、我が母大田の祖父蘇我倉石川麻呂一族の自害、それに何と言っても壬申の大乱だ。どうして人は殺し合わねばならんのだ。……権力か？　権力を得るためには血を分けた身内さえも殺さねばならんのか。人はそれほどまでに浅ましいのか……。なあ河島。俺はそこまでして権力など欲しいとは思わぬ。

つかの間、大津の心は熱くなり、そして空しく萎《しぼ》んでいった。

（大津、それは違う。自分にその気がなくとも相手は邪魔だと思えば攻めてくるのだ。その時お前は黙って殺されるのか。そうもいくまい。身を守るために戦うだろう。家族を護るため相手を殺すこともあるだろう。降りかかる火の粉は払わねばならんのだ。きれいごとだけでは済まぬ……。有間皇子《ありまのみこ》や古人大兄皇子《ふるひとおおえのみこ》にしても、本当に謀反を企てたとは思われぬ。罠《わな》に嵌《は》められたようなものだ。大津、お前も気を付けろよ）

河島は大津の言葉を懐疑的に聞いていた。素直に正義感や無常観を語っている大津のことが心配だった。しかしあえて口にはしなかった。大津の言っていることにも共感できたからである。

二人は黙って馬を進めた。この片岡の地が背負っている歴史の重みが二人を寡黙にさせていた。

それから二人は茅渟王の葦田墓を訪れ、ついでに同じ片岡にある顕宗《けんぞう》天皇陵を訪れることにした。

――今、通っている道は太子道《たいしみち》という。かの聖徳太子が父用命天皇の陵墓にお参りされたときに通《かよ》われた道だ。

二上山の麓にある大坂（穴虫峠・香芝市）を越えれば河内の磯長《しなが》、そこに用明陵がある。

――聖徳太子の道か、今度は斑鳩《いかるが》寺（法隆寺）まで行こうな。焼けた後の再建もかなり進んでいるそうだ。

『日本書紀』によると、法隆寺は天智天皇九年（六七〇）に一屋も余すところなく焼失したとある。この焼失前の伽藍が若草伽藍とされ、現在の法隆寺は七世紀後半以降に再建されたもので、西院伽藍と呼ばれている。

――それは楽しみだ。近いうちに行こう。

大津が快活に答えた。

片岡池の畔に出た。太子が推古十五年（六〇七）に築造された大池である。水面は春の光を浴びてきらきらと煌《きら》めき、鴨などの水鳥がゆうゆうと泳いでいた。

小松の杜《もり》を過ぎ、しばらく行くと、片岡の石杯岡《いはつきのをか》の上にある御陵《みはか》に到着した。顕宗陵である。その陵《みささぎ》を訪れたとき、河島がつい余計なことを言ってしまった。

――大津、顕宗帝が即位されたときの話を知っているか？　兄弟で皇位を譲り合われて、弟である顕宗帝が先に即位された。その後、兄の仁賢帝《にんけん》が即位された。

――河島、何が言いたいのだ。

大津は不機嫌そうに言った。その顔を見て河島ははっとした。そのとき大津が兄の草壁のことを意識していることに気づいたからだ。

――大津、済まん。

まずい……と思った河島は、すぐに謝った。

――何がだ。何が済まんのだ。はっきり言え、河島。謝られる筋合いなどないわ。

大津が手厳しく言った。大津は明らかに意識していた。河島はそれ以上、取り繕う言葉を知らなかった。二人は気まずいまま太子道を南に向かって馬を進めた。

當麻の衢《ちまた》にさしかかったとき、大津の方から口を開いた。

――河島、この辺りが當麻の衢だ。ほら、これが葦池《あしいけ》だ。衢池《ちまたいけ》とも呼ばれる。ここで大伴吹負《ふけい》どのが、近江から攻めてきた壱伎史韓国《いきのふひとからくに》の軍を破られた。地元だけに当麻国見《たいまのくにみ》どのも駆けつけられ、吹負どのを助けられた。この戦いでもしも敗れていたら、飛鳥は近江軍に蹂躙されることは必至だった……。

大津は池の岸で馬を止め、西に聳《そび》える二上山を眺めていた。葦池の水面《みなも》に逆さになった二上山が映っていた。

——ここから見ると二上山が大きくみえるぞ。それに形が綺麗だ。飛鳥から見ると小さな馬の背《うませ》のようにも見えるが、ここから見ると、まるで男の子《おこ》に女の子《めこ》が寄り添っているように見える。第一、雄大だ。なあ、河島。俺は二上山が気に入ったぞ。

大津が感慨深げに言った。河島も何か感想を言おうとしたら、大津の方が先に言った。

——河島、さっきの顕宗帝の話だがな……。

（大津はまだこだわっているのか……）

河島は身構えた。構わずに大津が続けた。

——顕宗帝と仁賢帝の兄弟はな、皇位を譲り合われただけじゃないんだ。幼い頃、雄略帝に殺されると思って播磨《はりま》の国に逃げて身を潜めておられた。それでな、その播磨で兄弟共に国造《くにのみやつこ》の娘、根日女《ねひめ》に惚れてしまわれたのだ。それで二人は根日女に求婚なされたんだが、そこでも兄弟で譲り合われたそうだ。皇位も妻も兄弟で譲り合うってすばらしいじゃないか。そうは思わないか。

その話に河島は、大津が余計に哀れに思えた。この友のために尽くさねばと思ったのだった。

——ああ、いい話じゃないか。知らなかった。

――そうだろう。皆がこうなら争いもなく、世は平和なんだがな。ところで、この求婚、その後どうなったと思う？

――分からん。

河島が正直に答えた。

――兄弟で根日女を譲り合っているうちに、根日女がおばあさんになったそうだ。この話、信じるか？

大津はそう言って笑った。河島も「嘘だろう」と言いながら笑っていた。

二人はふざけあいながら、飛鳥の都を目指して馬を進めた。

春霞の西空に日が傾きかけていた。彼らの背には二上山があった。

それは友一郎が見慣れた二上山の姿だった。そして彼の想念は阿頼耶識《あらやしき》の淵《ふち》を滑り落ちるかのように、万葉の世界へと引きずり込まれていった。

二　大名児との出会い

それからしばらく経った、春うららかなある日のことだった。蘇我安麻呂の招きで大津皇子は石川の邸を訪れた。邸は飛鳥の都より北の小高い丘の上にあった。

この石川の主《あるじ》は蘇我安麻呂と縁続きの氏族である。安麻呂の父は蘇我連子《むらじこ》で、連子は蘇我倉山田石川麻呂の弟である。また安麻呂の子の石足《いしたり》に至って蘇我姓を石川姓に改めている。そして連子の娘娼子《しょうこ》は藤原朝臣不比等に嫁ぎ、武智麻呂と次男の房前《ふさざき》をもうけている。今日訪れた石川氏も蘇我氏同様、宗我石川宿禰《そがのいしかわのすくね》を祖としている。

安麻呂が大津に挨拶をした。大津も丁寧に礼を言って邸に上がった。大津は、縁側に近い日だまりに案内された。春の日差しが暖かくて心地よかった。

縁側からは小ぎれいに手入れされた庭が見えた。桜に混じって桃の花が艶《あで》やかに咲いていた。苔むした石に囲まれて小池があり、落ちたばかりの桜の花びらが水面《みなも》に浮かんでいる。彼方にはうっすらと霞んだ吉野の山並みも望めた。

——美しい桃の花ですね。

大津は庭を眺めながら言った。

——ええ、前に遣唐使が唐から持ち帰った梅と桃の苗木をもらいました。梅は散ってしまいましたが……。

——桃は唐では邪気を祓《はら》う仙木《せんぼく》とされていますね。さながらここは桃源郷《とうげんきょう》だ——。

大津は桃の花園に非常に満悦したようすだった。

——こうして花を眺めていると時を忘れます。時折、鶯《うぐいす》の声も聞こえてまいります。

主人も庭に目をやりながら、満足げに言った。

——大津皇子、私も政《まつりごと》の一線から退いて、こうして春を愛《め》でておりますと、昔のことが遠い過去のことのように思えてまいります。

安麻呂が感慨深げに述べた。

安麻呂は近江朝の重臣であったが、大海人皇子にも可愛がられ、天智帝が大海人皇子に皇位を譲ろうとした際、「有意《こころしら》ひて言《のたま》へ（心得てお話しなさいませ）」と助言した人である。天武にとっては命の恩人といっていい。

もしも天智の言葉を信じて譲位を受けていれば、本心では嫡子大友皇子に嗣がせたいと思っている天智に抹殺されかねないところだった。そのことを知っていた安麻呂が大海人皇子にこそっと耳打ちし、窮地を救ったのだ。したがって天武は恩に感じ、安麻呂を信頼していた。

安麻呂の父である連子《むらじこ》の兄、つまり彼にとって伯父に当たる石川麻呂は、中大兄皇子（天智）

に殺されたようなものだ。その石川麻呂を讒言《ざんげん》したのは何と父の弟日向《ひむか》。かつて連子の兄赤兄《あかえ》は有間皇子を罠にはめ抹殺した。その後近江朝の左大臣となったが、壬申の乱に敗れ流刑《るけい》となった。

そんな血塗られた兄弟の中にあって連子は苦しんだが、決して人を陥れるようなことはしなかった。その子安麻呂も機転を利《き》かせて天武を救った人物である。

安麻呂は大津よりかなり年上であるが、まだまだ壮年の官人である。しかも吉野へ脱出する足がかりを作ったという意味において天武朝でも重用されることが約束されていた人物だ。その天武天皇がこの二月に即位している。「政《まつりごと》の一線から退いて、春を愛でて――」などと年寄りじみたことを言うには違和感を覚えるほどの人物なのだ。当然のことながら、大津も敬意を抱いている。

――大津皇子、近ごろとみに体調が優れませぬ。それゆえ静養しております。こうして季節の移ろいを眺めていますと、人と争ったり、栄達を望んだり、挙げ句の果てに人を殺めたり……人の世の愚かしさを感じます……。宋の陶淵明《とうえんめい》のような心境になれればよいのですが……。

安麻呂がしみじみと言った。

――私も陶淵明の詩が好きです。彼は人の幸せとは何か、生きる喜びとは何かをいつも考えていた詩人です。名誉や富を捨てて田舎に帰られました。田舎に帰って花や鳥を愛し、酒を嗜《たしな》み、詩を作り、家族を大切になされました。まさに人生の達人、羨ましく思います。

――皇子、それは分かりますが、それを言うには皇子はまだ若い。それに陶淵明も官界への未練を捨てきれなかったと聞いております。皇子はこれからますます国のためにも朝廷のためにも頑張ってもらわねば困ります。

近頃、大津はつくづく思うことがある。自分は漠然と天皇に憧れているだけなのか、それとも天皇になって実現したいことが本当にあるといえるのか、真に国を憂え、それが天皇にならねば実現できぬというなら、遠慮などせずに堂々と天皇になるべく努力をすればいいではないか。同志を集め、いざとなれば一戦を交えることも辞さぬ覚悟を持てばいいではないか……。ところが己を振り返ってみると、その覚悟もなしにただ草壁にこだわったり、皇后から逃げているだけの弱虫ではないか。それを行う勇気もないのなら、いっそのこと政《まつりごと》から退き、陶淵明のような暮らしをすればよいではないか。結局それさえもできぬ己に苛立たしさを覚えてしまうのだ。

――大津皇子、今日ここにお招きいたしましたのは、大津皇子と親しくお近づきになりたかったためでございます。桃花《とうか》を愛でながら酒を酌み交わす……唐の詩を嗜まれる皇子ならきっとその風雅を愉しんでいただけるものと存じております。飛鳥の我が邸でも、大津皇子の訳語田《おさだ》の邸でも人目がございます。ここなら我が一族の館、しかも桃も桜も満開でございます。気に入っていただけたでしょうか。

はじめは少し用心していた大津も酒が進むにつれ、次第に安麻呂の人柄に引き込まれていった。師として教えを請いたいと思うようになっていた。

（安麻呂どのは鷹揚で懐《ふところ》の深いお方だ。是非この方と親しく交わり、教えを請いたい）

――安麻呂どの、陶淵明の名を聞いてこんな詩が浮かびました。

春苑言宴
開衿臨霊沼
遊目歩金苑
澄清苔水深
晻曖霞峰遠
驚波共絃響
哢鳥與風聞
群公倒載帰
彭澤宴誰論

春苑言《しゆんゑんこここ》に宴《うたげ》す
衿《くび》を開きて霊沼《れいせう》（周の文王の園池）に臨み、
目を遊ばせて金苑《きんゑん》（園の美称）を歩む。
澄清苔水深《ちようせいたいすゐ》く、
晻曖《あんあい》（ぼんやりと）霞峰《かほう》（霞んだ峰）遠し。
驚波《きようは》（池のさざ波）絃《いと》（琴の音）の共響《むたな》り、
哢鳥《ろうてう》（さえずる鳥の声）風の與《むた》（まにまに）聞ゆ。
群公《ぐんこう》（宴に参加した諸公）倒《さかさま》に載せて（酔いつぶれて）帰る、
彭澤《ほうたく》の宴《うたげ》誰か論《かた》らはむ。

（『懐風藻』）

——すばらしい。やはりお噂通りのお方だ。この庭をかくも立派な詩に賦していただき、これ以上光栄なことはございません。主も喜ぶでしょう。ところで皇子、これはすべて即興ですか？

安麻呂が感服している。

——とんでもない。前から暖めていた詩です。しかしどうしてもしっくりいっていなかったのです。今日こうしてこの庭を拝見し、安麻呂どのと酒を飲み交わしていると、詩興《しきょう》が膨らみ、どんどん詞《ことば》が浮かんでまいりました。極めつけは、安麻呂どのが陶淵明の名を出されたことです。陶淵明が彭澤で県令をしていたことをふと思い出したのです。「彭澤の宴」とは陶淵明が催した宴、今日の宴は「彭澤の宴」にも匹敵しましょう。

——それは褒めすぎというものです。

安麻呂が嬉しそうな笑顔を浮かべていた。大津も楽しそうだった。

二人が打ち解けた頃、安麻呂が深刻そうに話し出した。元々、それがこの席の本題であったのかもしれない。安麻呂の話は次のようなものだった。

往年あれだけの権勢を誇った蘇我の家も、蝦夷と入鹿が滅んで蘇我宗家は滅亡した。傍系の氏上であった蘇我倉山田石川麻呂も亡くなった。その弟である赤兄と日向は配流《はいる》されてしまった。残るは蘇我連子の後裔である我が家だけであると。何とか蘇我の家を絶やさぬようにせねばならない。そのためには血塗られた蘇我の名を捨ててもいい。今後、大津皇子を支えていくつもりであるので、皇子もそのつもりでいて欲しいと……。

その話を大津は複雑な思いで聞いていた。安請け合いできるような話ではなかったので、生返事をしてその場を取り繕うのが精一杯だった。

大津がほろ酔い気分となった頃、一人の若い娘が呼ばれた。明るい萌葱《もえぎ》色の長袖がたおやかに垂れ、そのゆったりとした上着の下には、白・緋・翠《みどり》の縞模様も鮮やかな巻きスカートのような裳《も》を身に付けていた。透き通るような白い頬とうなじに、酔いも覚めるほどに驚いた。美しい――大津は一目でその娘の虜《とりこ》になった。

――大名児《おおなこ》と申します。娘にございます。

と主《あるじ》が紹介した。

――先ほど琴の音《ね》が聞こえてまいりました。そういえば陶淵明先生も琴を奏でられたなあと想い返していました。それほどすばらしい音色で、つい聞き入ってしまいました。あなたが弾いておられたのですか？

――……はい。お恥ずかしゅうございます。

大名児は慎ましやかに顔を赤らめ、俯《うつむ》いた。その仕草がしおらしく、愛おしく思えた。

(大名児……訊いたことがある。なかなかいい歌を詠む才媛だという噂だ)

これが大津皇子と大名児との出逢いだった。

こうして大名児は侍女として大津の世話をすることになった。

この頃、大津はまだ朝政に参加することが認められていなかったから、特にせねばならぬ職務というものはなかった。それでも、皇子としてこなさせねばならぬ所用も多く、学ばねばならぬ学問も多かった。毎日というわけではないが、朝廷に行って天皇への挨拶も欠かすわけにはいかなかった。狩や宴の誘いも多く、訳語田《おさだ》の館を留守にすることが多かった。

ところが大名児が館に来て以来、大津は出かけることが疎ましく思えた。少しでも長く大名児といっしょに過ごしたかったからだ。あれほど好きだった宴や狩に行くことも億劫《おっくう》になっていた。そんな大津を河島がいつも冷やかした。

ある日、石川の家の者から大名児の体が優れないので、しばらく休ませてほしいと使者が来た。心配した大津が見舞いに行こうとすると、今はそんな状態ではないので、改めて連絡するから邸に来るのも控えてほしいと言う。どうもようすが変だと訝《いぶか》しく思ったが、致し方ないので大名児からの連絡を待った。ところがいつまで待っても大名児が姿を見せることはなく、連絡すらもなかった。

大津が悶々とした日を送っていた頃、突然、河島皇子が血相を変えてやってきた。河島が大津を訪れるのは久方ぶりのことだった。大名児が出入りするようになってからひと月が過ぎようとしていた。大名児からの連絡が途絶えてから一週間が経っていた。

――大津、えらいことになったぞ。

――久しぶりだというのに、急になんだ。

――大名児が草壁皇子の采女《うねめ》として仕えることになった。

――えっ……。

驚きのあまり、一瞬、大津は声が詰まった。が、すぐに慌てたようすで河島に事情を尋ねた。

――河島、それはどういうことだ。

――草壁が大名児に贈った歌が皇后の目にとまったのだ。草壁は前々から大名児に気があったようだ。そもそも二人がどこで出会っていたのかは知らん。彼女が大津の邸に出入りするようになったのを知って歌を贈ったようだ。詳しい事情を知らない皇后が、息子の思いを叶えてやろうと思われ、安麻呂どのを通じて草壁の采女となることを命じられたのだ。

――そんな……。大名児が俺の邸に仕えていることぐらい分かっているだろうに……。それとも、それを分かりつつの沙汰か？

――周りには知っている者もいたが、誰も口を挟むことなどできなかった。それ以上のことは知らん。

そんな馬鹿な！　大津は納得できなかった。悔しさばかりがこみ上げてくる。腹が立ってどうすることもできなかった。ともあれ、安麻呂に事情を訊くしかなかった。

翌日、待ちきれずに大津は、安麻呂の邸を訪問した。ところが、安麻呂は病で床に伏していた。

大津が挨拶もそぞろに、大名児が草壁に仕えることとなった事情について尋ねると、安麻呂は、

――申し訳ありません。私が体調を崩したものですから。大名児を連れて、きちんとお詫び申し上げなければと考えておりましたが、私の不養生でご迷惑をおかけいたしました。すぐに治ると思っていたのですが、ことのほか長引きまして申し訳ございません。

と済まなそうに詫びた。

――皇后からの使者に、大名児がわが邸に仕えていることはお話しくださったのですか?

大津の口調は知らず知らずのうちに厳しくなっていた。

――皇子が立腹されるのはごもっともです。ただ石川の主は、大津さまのことは伏せておいてくれと言ってきかないのです。このまま黙って草壁皇子に仕えさせてほしいと頼むのです。皇子、本当に申し訳ございません。私は皇子のお力になりたかったのですが……。

大津は、それ以上は何も言えず、ただお大事に、とだけ述べて安麻呂の邸を辞した。

それ以後、大名児が訳語田の邸に来ることはなかった。突如として自分の前から姿を消し

た大名児……、大津はその面影を忘れることができなかった。己の未練がましさに嫌気がさしたが、その気持ちを制することはできなかった。

大津はついに我慢しきれず、舎人《とねり》の礪杵道作《ときのみちつくり》を石川の邸に使いに遣った。けれども道作は大名児になかなか逢うことができなかった。物陰から人目を避けて、彼女が外に出てくるのをひたすら待ち続けた。

三日目になって、ようやく大名児が出てきた。付き人がいたが、構わずに大津からの文を大名児に渡した。

――大津皇子からの文にございます。ご内密に――。

道作はただそれだけを言った。大名児は驚いた。わけが分からずたじろいでいた。道作は文を渡すと大名児の返事も聞かず、即座に立ち去っていった。

大名児は、馬に乗って立ち去っていく道作の後ろ姿を呆然《ぼうぜん》と見送っていた。その姿が見えなくなってから大津の文を開けた。大名児は苦しかった。申し訳ない気持ちでいっぱいだった。それでも心が騒いだ。

あの日、父から大津皇子が我が家に来ることを告げられた。そしていきなり皇子に引き合わされた。前もって何の説明も聞いていなかった。それでも大津皇子と聞いて心が乱れた。噂に聞くあの大津皇子さま、いざお姿を拝見すると噂以上に凛々しくご立派な皇子、そう思っていたら急に部屋に呼ばれて紹介された。嬉しさのあまり、上ずった声で挨拶をしたような気がする。恥ずかしかった。それで動揺していたら、今度はその皇子にお仕えしろという。嬉しさが幾重にも大名児を襲ってきた。わけが分からないうちに、自分が望む以上のことが次々と現実のこととなって、目眩《めくるめ》くような時間が過ぎていった。

大津皇子と過ごした夢のような日々……。大津皇子は頼もしく、優しかった。毎日が輝いていた。いつまでもこんな幸せが続くはずがない、きっと天罰が下る——そんな不安に襲われ、大津皇子に打ち明けたら、一笑された。そなたのことはわしが一生守ると。

ところが石川の邸に草壁皇子からの文が届けられた。父から説明を求められた。

——草壁皇子とは安麻呂さまお誘いの宴の席で二度ばかりお会いしています。それは父上もご存じのはず。その折、草壁皇子と歌を交わしたことがございます。お話もいたしました。しかし父上、草壁皇子の周りには、皇女《ひめみこ》や女王《おおきみ》、その他にも身分の高い方の郎女《いらつめ》らが取り囲んでおられました。皇子はそのような方たちと笑いながら和やかに話をしておられました。私への歌など、その場の座興ぐらいにしか思えませんでした。皇子のご機嫌を損なってはいけませんので、私も適当な返歌を作ってお返しいたしました。それだけのことでございます。

——ならば、この文と歌は何だ。そういうことなら前もってちゃんと父に話しておいてもらわねば困る。恥をかくどころか、皇子や皇后に対して申し開きが立たぬではないか。

大名児の父はいつになく厳しかった。

（あの優しい父がこれほどまでに怒っている……。どうすればいいの……）

大名児は父の前で泣き崩れた。

少し経って涙もだいぶ治まってきたが、まだ泣き吃逆《じやつくり》が止まらなかった。それでも涙を拭いながら父が前に置いた文を見た。末尾には求愛の歌が添えられていた。


あの宴の席でそなたを見たときから、そなたのことが忘れられぬ。改めてゆっくり話をしようと思っていたら、何とそなたは大津皇子の侍女となったというではないか。

宴の席では大津のことが話題になったが、そなたは大津のことなど知らない、一度も会ったことがないと申していたではないか。なのになぜ、そなたが大津の邸に仕えることになったのだ。そのうちに我が邸に招くと申しておいたではないか。

どのような事情があったかは知らぬが、そなたのことをさほどにも思っていない大津の元など辞して、早く我が邸に仕えなさい。

大名児《おほなこ》を　彼方野辺《おちかたのへ》に　刈る草《かや》の　束の間も　我れ忘れめや

〔『万葉集』巻二・一一〇〕

草壁

（そんなぁ……勝手な……）

文を見た大名児は、そう口走りそうになった。たしかに草壁皇子に誤解を招くような歌は贈ったかもしれない。だってそれは皇子に対する礼儀でしょうと言いたかった。どうであろうと所詮、雲の上のお方……まさか私のことをそこまで思っていて下さったなんて思いもよらなかった……、「彼方野辺《おちかたのへ》に刈る草《かや》の……」って覚えがないわ、どこかから私を見ていたのかしら……大名児の思いは絡み合うように交錯していた。

――大名児、そんなわけであるから、明日からは大津さまの邸に行くことはまかりならぬ！大津皇子には安麻呂どのを通じてきちんと説明し、謝罪してもらうつもりだ。いいか、分かったな。

大名児は黙って頷くしかなかった。

大名児は家で辛く淋しい日を過ごしていた。すぐに草壁の邸に行くことだけは勘弁してもらった。少し気持ちの整理をしたいと言ったものの、日が経てば経つほど大津皇子への思いばかりが募ってくる。そしたら突然、何の前触れもなく大津皇子からの文が届けられた。戸惑いはあったが、何ともいえぬ嬉しさがこみ上げてきた。


大名児様、このような形で文をお届けすることをお許しください。

突然、あなたが草壁皇子の采女となることを聞き、ただただ驚いています。あなたはすでに我が邸の侍女です。いや私の大切な人です。このような理不尽な形で逢えなくなるのは我慢なりません。

私はあなたの邸でひと目見て以来、心安まることがありませんでした。この上、あなたに逢うことが許されないとなると、私の心は潰れてしまいそうです。

一刻も早く、あなたと逢って話がしたい。今宵、あなたの邸の近くの山裾《やますそ》にある池の畔でお待ちしております。一晩中でも待ち続けていますので、家の方が休まれてからで結構ですからお越し下さい。このことはくれぐれもご内密にお願いします。

大津

大名児は舞い上がるような気持ちになった。けれども次の瞬間には途方にくれてしまった。家人に内緒に邸を出たことなど、一度も経験したことがなかったからだ。第一、夜に女人一人で出歩くことなど考えたこともない。逢いたいという気持ちと、許されないことをしてもよいものかという気持ちが交錯し、どうすることもできなかった。

夜になった。大名児はどうしたらいいのか、ひたすら悩んでいた。刻々と時間だけが過ぎていく。こうして自分が迷っている間にも、大津さまは外で一人、私を待っておられるのかと思うと、大名児は針で刺されるように辛かった。早く逢いに行かなければ、と気持ちばかりが逸《はや》るものの、家人が起きている間はどうしようもなかった。皆が寝静まるのを待つしかなかった。たまらなく時間が長く感じられた。

鶏鳴時《けいめいどき》（夜中の一時から三時頃）も過ぎ、丑《うし》の刻《こく》から寅の刻になろうとする頃、さすがに邸内に物音一つしなくなった。大名児は意を決した。忍び足で縁側に出、庭に下りようとしたときのことだった。

——大名児、こんな真夜中に、いったいどこに行くつもりなのだ！

父だった。大名児は心臓が止まるほどに驚いた。身体が震えて声も出なかった。それでも気を取り直した。何とかしなければ……、大津さまが待っている。何としても父の許しを請わなければ……、大名児も必死だった。

——父上、大津さまが外で待っておられるのです。

大名児は大津皇子の名前を出せば父が許してくれると思っていた。内密に、という約束は破ることになるが、大津皇子に逢いに行くということなら許してもらえると思った。ところが、

——ならぬ。たとえ大津皇子といえども会いに行くことはまかりならぬ！

と、またしても父の口調は厳しかった。いつもは温厚な父がどうしてこうも厳しく怒るのか、大名児には理解できなかった。なぜなの……？　彼女は父親のただならぬ形相《ぎょうそう》におののき、またしてもその場で泣き崩れてしまった。

一方、大津はひたすら大名児を待っていた。人に気づかれぬように堤の裾に座り、生い茂った芒《すすき》の中に身を隠していた。

日は落ち、辺りは暮れなずんでいった。黄昏《たそがれ》が訪れ、しだいに夕闇が辺りを支配していった。大津とて、まだこの早い時刻に大名児が邸を抜け出せるとは思っていない。思ってはないが、早く大名児に逢いたいと待ち焦がれていた。

夜が更けていった。不気味な静けさと、ときおり聞こえる風のざわめきや鳥の羽音に胸が騒いだ。武人大津としては風声鶴唳《ふうせいかくれい》の己を恥じた。

待っているうちに何度か微睡《まどろ》みそうになって慌《あわ》てて目を開けた。眠ってしまえば大名児は我に気付かずに帰ってしまうかもしれない。必ず大名児は来ると信じて、夜の帳《とばり》の中、ひたすら彼女を待ち続けていた。

しかし、待てども待てども大名児は来なかった。夜露が大津の体を濡らした。東の空が白んできた。まもなく暁時《あかつきどき》だ。夜が明ける。見ずや曙《あけぼの》露浴びて……大津は観念し、歌をしためた。

あしひきの　山のしづくに　妹《いも》待つと　我立ち濡れぬ　山のしづくに

〔『万葉集』巻二・一〇七〕

この歌は翌日、大名児のもとに届けられた。それを見た大名児は胸が痛んだ。涙が止まらなかった。大名児は急いで返歌を作った。必死で大津への思いを歌に託した。

我を待つと　君が濡れけむ　あしひきの　山のしづくに　ならましものを

〔『万葉集』巻二・一〇八〕

それからしばらくして、少納言小花下《しょうけげ》蘇我安麻呂が息を引きとったことを知らされた。あの時、安麻呂はすでに不治の病に冒されていたのだ。大津は大名児だけでなく、またしても大切な人を失った喪失感に見舞われ、さらに落ち込んだのだった。

三　天武天皇と鸕野讃良《うののさらら》皇后

——皇后、そなたはどう思う？

——どう思うって、天皇、そう申されましても……。

天皇が御帳台《みちょうだい》を椅子にして腰掛けていた。御帳台とは、天皇の休寝に用いられる調度である。四方に帳《とばり》があるが、正面の帳だけが上げられている。天皇は白い夜着を着て寛《くつろ》いでいるようだ。天皇の前の床には皇后が座っていた。

——明日、この吉野で皇子らに誓いを立てさせようと思う。皇子らは納得してくれるだろうか？

天武八年（六七九）五月、天武と鸕野皇后は、草壁・大津・高市・河島・忍壁《おさかべ》・芝基《しき》の六人の皇子を連れて吉野へと出向いた。

天武と鸕野にとっては、出家すると偽って逃げ延び、かろうじて命拾いをした地である。特に皇后にとっては、愛すべき夫と命をかけて決起した運命の地でもある。

天武はその吉野の地に六人の皇子を帯同させた。六人のうち、河島皇子と芝基皇子だけが天智天皇の子で、あとの四人は天武天皇の子である。ただ、この四人の母はすべて異なっていた。

長子である高市皇子は、壬申の乱では勇敢に戦い、特に美濃の不破《ふわ》の関の戦いでは全軍を任され勝利した、いわば壬申の乱の功労者である。ところが高市の母は、地方豪族胸形徳前《むなかたとくぜん》の娘尼子娘《あまこいらつめ》で身分が低い。高市が皇位を継ぐ可能性は低いといわざるをえない。高市もそのことはわきまえている。

忍壁皇子も天武の子ではあるが、母親は宍人臣《ししひとのおみ》大麻呂の娘で皇女ではないし、大津よりも年下である。河島、芝基皇子に至っては天智の子であって立場が弱い。しかも母親の身分も高くはない。つまるところ、有力な皇位継承者は草壁皇子と大津皇子に絞られるというのが衆目の一致するところであった。

大津皇子は文武両道に優れ、その容貌も凛々しく評判も高い。母親は天智天皇の娘大田皇女で、しかも鸕野皇后の姉である。ただし大田皇女はすでに亡くなっている。一つとはいえ齢も草壁より下である。条件的には草壁に一歩譲るといったところか。

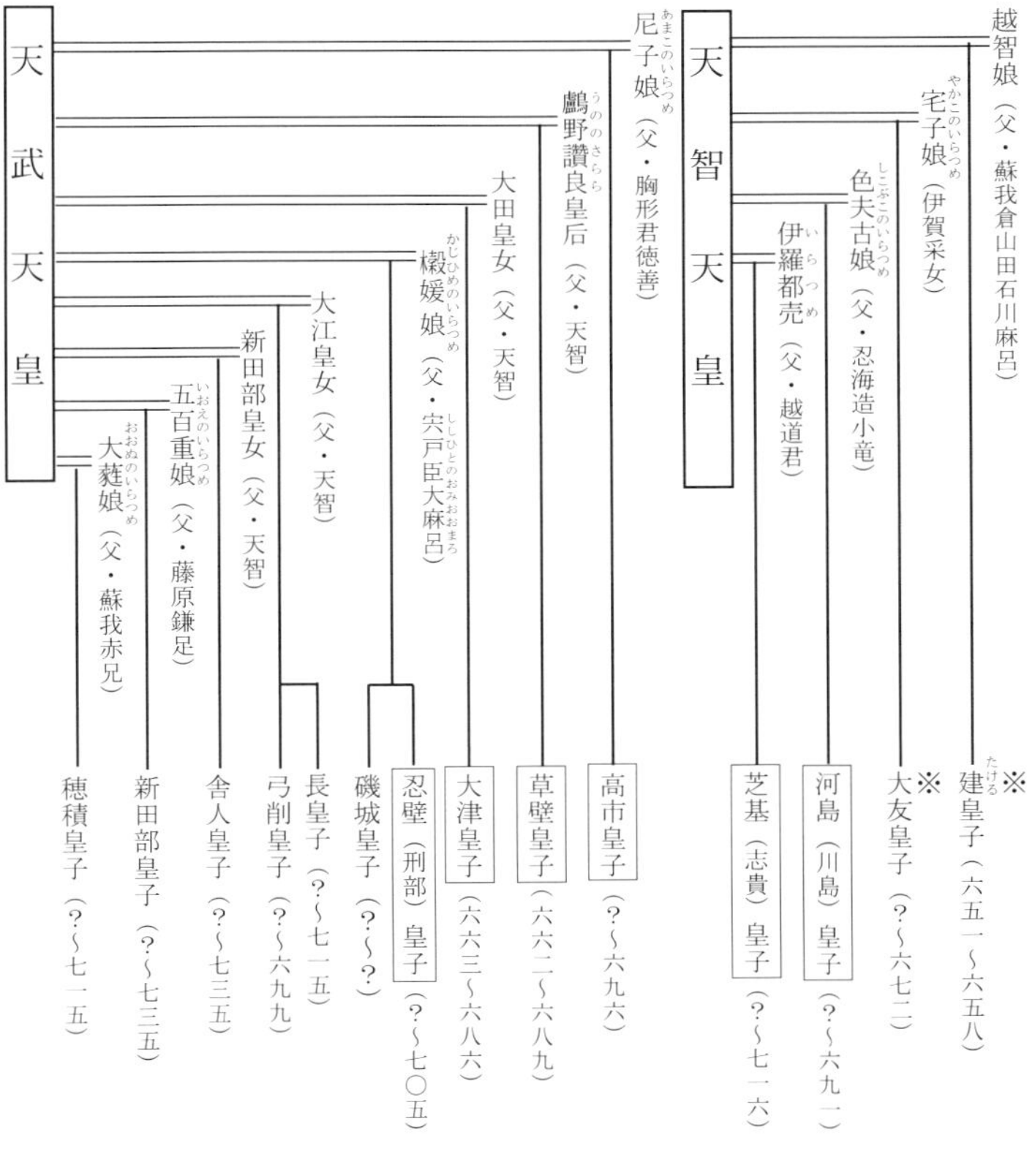

天智・天武の皇子　□は吉野の会盟（679年）に参加した皇子。
※は吉野の会盟時には亡くなっていた皇子

この吉野の宮への行幸を天皇に催促したのは皇后である。彼女としては大津と大名児の仲を無理矢理に引き裂いてしまった以上、早々に立太子の件にけじめをつけねばならないと考えていた。

壬申の乱のような争乱が起こる前にきちんと次の天皇を決めておきたい、皇后は常々それを願っていた。そしてわが子草壁こそ皇位を継ぐべきである、できるだけ早くその確約を天皇から引き出さねば、とその機会を窺《うかが》っていた。だが肝心の天武天皇にまだ迷いが残っていることは、妻の目から見ても明らかだった。

——皇嗣《こうし》問題に決着をつけて皇子らの気持ちを整理させてください。草壁も含め、長子の高市も、我が姉の子大津も立派な皇子です。それだけに彼ら自身も、また群臣たちも要らぬ思いをめぐらせ、落ちつきません。

——その時期はまだだ。律令政治においても大事なのは皇親の結束だ。天皇家あっての律令ではないか。誰が天皇になっても、皇親たちが足を引っ張り合えば、結局群臣たちの力が増し、天皇家の力が弱まるだけだ。明日は、朕《ちん》の面前でそのことを皇子たちに誓わせる。

その言葉は歯切れが悪く言い訳がましい。どこか迷いが感じられる。

——では明日の誓いは、誰を最初に行わさせるおつもりなのですか？

皇后の口調は厳しい。

——とりあえず、長子の高市からではどうか。高市は壬申の大戦《おおいくさ》でもよく戦ってくれた……。

——天皇は分かっておられません。天皇は高市からと申されますが、ここは皇位継承の順番で行うのが筋だと考えます。

——では誰から行えばよいのだ。

——ですから皇太子になるべき皇子から行うべきだと申しているのです。

——まだ決めてはいない！　そなたは草壁から行えばいいと思っているのであろうが。

——そんなことを申しているのではありません。そろそろけじめをつけるべき時期だと申しているのです。

——ええい、分かっているからこそ、こうして吉野まで来たのではないか。それ以上は言うな！

天皇は苛立《いらだ》っていた。

——天皇には、まだ迷いが……？　まさか心のどこかで姉上のことが……。

皇后の皮肉な言葉が天皇の弱みを突く。天皇は明らかに優柔不断だった。

——馬鹿な……。

——高市は一番年上ですし、よく戦ってくれましたが母親の身分が低い。それでは大友皇子と同じことになります。壬申の戦いを忘れてはなりません。世を乱すもととなります。

――言われなくとも分かっておる。ただ朕がそうであったように、仮に草壁に即位させたおりには大津を大皇弟《ひつぎのみこ》にして、草壁を補弼《ほひつ》させようと思う。

ついに天皇は、腹の底にあったことを吐き出した。

しかし、天皇が密かに思案してきた腹案に皇后は何も答えなかった。ただ眉間に皺を寄せ、厳しく冷たい視線を天皇に向けた。言わずとも皇后の思いは天皇を鋭く刺した。

――それはまさしく天皇が辿《たど》られた道、壬申の大乱を招いた道ではありませぬか！

ひと呼吸おいて出た皇后のひと言が、さらに天武の胸をつき刺した。

――分かった。明日の盟約は、草壁、大津、高市の順で行う。

天皇は観念した。草壁を皇太子としたおりには、大津を大皇弟にしたいという思いは先送りされた。一方、皇后は、草壁が最初に誓うことを聞いて安堵していた。とりあえず夫婦の間の緊張は緩みかけようとしていた。

――失礼なことを申して申し訳ございませんでした。お許しください。

皇后は深々と頭を下げた。そして頭を上げると慎ましやかな顔で壬申の乱のときの思い出話を語りはじめた。

――本当に、あのときは死を覚悟しておりました。じっとしていたら大友の軍に攻め滅ぼされていたことでしょう。どうにか勝利することができましたが、これも伊勢の天照大神《あまてらすおおみかみ》のお力、感謝申し上げます。

——そうだな。本当にあのときは苦しかった。戦うしかなかった。戦わねばこちらが攻め滅ぼされる。忘れまいぞ、この皇位はそなたと共に勝ち取ったものであることを。伊勢の大神と言えば、大津の姉の大伯はどうしているだろうか？

——大神に仕えておられましょうぞ。大伯はすでに神に奉し者、現人《うつそみ》ではございませぬ。

——それは分かっておるが、やはりわが子はわが子じゃ。

皇后の顔が曇った。天皇もそれを見逃さなかった。天皇は言い訳がましく、言葉をとり繕《つくろ》った。

——天照大神の御加護により戦《いくさ》に勝つことができた。隠郡《なばりのこおり》の横河《よこかわ》（名張川）を渡ろうとしたら大きな黒雲が天に現れた。あのとき、二分された天下を一つにまとめるのは我だということを確信した。あの雲は天照大神が我に勇気を与えるために、その姿をお見せくださったものだ。皆は不吉だと思ったようだが、朕にとってはまさに祥瑞《しょうずい》であった。

——私は天皇と吉野へ落ちるときの赤兄《あかえ》の顔を忘れることができませぬ。出家するなどとは偽りであろうと見透かして、冷笑していたように思えてなりませぬ。

皇后は相当に蘇我赤兄のことを嫌っているようだ。

――……赤兄が憎い。天皇、やはり私の心の傷は癒えませぬ。

――我が妻大蕤娘《おおぬのいらつめ》も赤兄の娘じゃ。そなたは大蕤娘に妬《や》いているのか……。

うっとうしくなった天皇は、皮肉混じりに言った。

――大蕤娘のことはいいのです。

――もういい。明日、決着をつける！

強く不機嫌な口調だった。天皇は眉をしかめ、それ以後、口をつぐんだ。

――はい……。

皇后はしばらく天皇の言葉を待っていたが、天皇のようすを見て仕方なく席を立っていった。

天皇は一人になった。灯明《とうみょう》の炎だけが、闇の中で揺らいでいた。人の気配も消え、静まりかえった室内に、先ほどまでは聞こえなかった宮滝のせせらぎの音がかすかに響いてきた。

天皇は瞼を閉じていた。はじめは何か考え事をしているようだったが、次第に微睡《まどろ》んでいったようだった。

ふいに隣で尼僧が囁いた。友一郎は我に返った。

「天皇のご本心が、お分かりになられましたか」

片岡の春の騎馬行のときもそうだった。大名児との恋物語のときも同じだ。古《いにしえ》のさまを目の前で見ることができる。生の光景をじかに見ることができる。

「今、こうして話しているのは、あなたの現行《げんぎょう》の世界、つまり私の心象世界をあなたの六識に映し出しているのです」

尼僧の言っていることは難解だった。

「石光寺でいろいろ考えました。この不可解な世界は阿頼耶識《あらやしき》なんだと。末那識《まなしき》では説明がつかない……。私の知識、経験のいずれをとっても、あり得ない世界を体験しています。今、こうしてあなたと話しているのは、私の阿頼耶識以外に考えられません。大津皇子と石川郎女との逢瀬や吉野の盟約のシーンなど過去の出来事が、今実際に起こっているかのように見えます」

「それは先ほども申しましたように、私の想念が、あなたの意識に投影されているからでございましょう」

友一郎の言っていることも難解だったが、尼僧の答えはもっと難解だった。そもそも自分でも何を言っているのか、またそんなことを喋っている自分自身そのものも不可解だった。

「それこそ玄奘《げんじょう》さまが天竺《てんじく》からお持ち帰りになられた法相《ほっそう》の教え、難しくて私にも存じかねます。存じかねますが、もしかするとあなたの仰せの通りかもしれません」

「……よく分かりませんが、ありがとうございます」

友一郎は釈然としないままに礼を言った。少し霧が晴れたかと思うとまた深い霧が立ちこめてくる……そんな気がした。そして気がつくと、いつに間にか尼僧の姿は消えていた。


友一郎の目の前で、天武天皇が独り、目を閉じたまま御帳台に腰掛けている。どうやら眠っているようだ。

——……よ、我の前にその姿を見せよ。我は淋しい。そなたが愛おしい。頼むから姿を見せてくれ。そなたの顔が見たい……。

何かしら寝言を言っているようだ。

——兄上からそなたを妻として差し出されたとき、我は嬉しかった。無上の喜びを感じた。多くの妻がいるが、そなたといるときがもっとも至福のときだった。それゆえ、そなたを失ったとき、我は生きる気力さえも失せそうになった……。

天皇は大田皇女と喋っているのだろうか、夢の中で、意識の奥にいる女性と会話しているようだった。吉野に遁走《とんそう》し、壬申の乱を戦い抜いた勇者とは思えぬ、孤独な男の言葉だった。

——いや、それは違う。勘違いだ。だから大津には海人《あま》に相応《ふさわ》しい名を付けたのだ。草壁には付けていない！

天皇の手がわずかに踠《もが》いていた。誰かを追い求めているようにも見える。

――確かに我は額田王《ぬかたのおおきみ》を愛した。彼女の美しさと賢さの前に出ると、わしは目がくらんだ。正直、気後れさえした。だが、額田が本当に我を愛してくれていたかどうかは自信がない。

天皇は、大田皇女に弁解をしているようだった。

――そなたがわしのそばにいるようになってから、額田とは逢わなくなった。逢いたいとは思わなくなったのだ。そのようすをご覧になり、兄上は額田を所望された。わしはそれを呑んだ……。

そうなると天武がまだ大海人皇子だった頃、額田王が彼に贈った歌が思い出される。天智七年（六六八）五月、天智天皇に誘われて、蒲生野《がもうの》に遊猟に行ったときの歌だ。

あかねさす　紫草野《むらさきの》行き　標野《しめの》行き　野守《のもり》は見ずや　君が袖《そで》振る

〔『万葉集』巻一・二〇〕

これに対し、大海人皇子は次の歌を額田王に返した。

紫草《むらさき》の　にほへる妹《いも》を　憎くあらば　人妻故《ひとづまゆゑ》に　我恋ひめやも

〔『万葉集』巻一・二一〕

かつて額田王は大海人皇子の妻で、二人の間に十市皇女《とおちのひめみこ》を儲《もう》けていた。しかし、このときには兄天智の妻となっていた。いわば禁断の恋の香りがする歌……。この吉野行幸のときより十一年前、いっときとはいえ、二人の間に恋の炎がめらめらと甦った……。

――あれはその場の座興までのこと。額田王はわしよりもはるかに大人だ。互いに昔を懐かしみ、歌を競い合って戯れた……それだけのことだ。

天武が心から愛したのは大田皇女ただ一人ではなかったか、そんなことを思っていると、天皇は思いもよらぬことを言い出した。

――鸕野がいつまでも生きているわけではない。吉野の丹生《にう》からは水銀が採れる。玉石《ぎよくせき》上品《じようぼん》の水銀は不死の仙薬ときく。この水銀の採れる吉野の水と風こそが神仙だ。長生きせねばば……。我が鸕野よりも長生きした暁には……。

何ということだ――友一郎は驚いた。長生きした暁には……いったいどうするというのだ。

そのとき微かに物音がした。

天皇は眠ったままだ。誰かが盗み聞きをしていたようだった……。

夜が明けた。天皇は普段の通りに戻っていた。逆に皇后の顔色は冴えなかった。

吉野の宮の前には大きな庭がある。木々の新緑が美しい。聞こえてくる宮滝のせせらぎの音も爽やかだ。すがすがしい薫風が吹きそよぎ、庭に集まった皆の気持ちを新鮮なものにさせていた。

庭には、草壁・大津・高市・河島・忍壁・芝基皇子の順に整列した。皆、緊張した面持ちだ。列の前の玉座には天皇が座し、その横で鸕野皇后が厳しい顔をして控えていた。

天皇は、目の前に並んでいる若き皇子たちの顔をゆっくりと見渡した後、落ち着いた声で威厳をもって切り出した。

――朕は今ここ吉野の宮廷でそちらと盟約を結ぼうと思う。千年の先まで世が乱れないようにしたいと思うが、そちらに異存はないか。

――我らに異存などあろうはずはございません。

皇子らは口を揃えて答えた。

――では朕の前で、順にそちらの覚悟を申し述べよ。

天武の命を受け、最初に前に出たのは草壁皇子だった。

――天神地祇《てんしんちぎ》並びに天皇《すめらみこと》よ、どうかお聞きください。我ら兄弟長幼合わせて十人余り、これらの王は異なる母から生まれました。然れども、同じ母から生まれようとも異なる母から生まれようとも、ともに天皇の勅《みことのり》に従い、相助け合うことをお誓い申し上げます。もしもこの盟約に背くようなことあらば命滅び、子孫も絶えましょう。夢忘れず、過《あやま》ち無きよう努めることをお誓い申し上げます。

昨晩から練りに練って覚えてきたのであろう。詰まることなく滑らかに弁じた。強いて言えば、緊張感のせいか、抑揚がなく早口であった。

——よし。よくぞ申した。さすが草壁だ。次は大津、覚悟のほどを述べよ。

——はい、天皇。

大津は歯切れの良い返事をし、一歩前へ出た。きりっとした動作だ。

——天神地祇そして畏れ多き天照大神、現御神《あきつみかみ》なる皇《すめろぎ》にお誓い申し上げます。すべては天皇の御心のまま、我ら兄弟、日並皇子尊《ひなみしのみこのみこと》のもとに力を合わせていくことに偽りはございませぬ。

大津は現天皇を神に祭り上げて誓いを立てた。天武は大津の颯爽とした振る舞いにほくそ笑んでいた。皇后は表情を変えなかった。一方、草壁は大津の堂々とした所作に少し動揺しているようにも見えた。

続いて高市皇子が誓いを述べた。

——天神地祇そして畏れ多き天照大神、現御神なる皇にお誓い申し上げます。我ら兄弟、力を合わせ、天皇、皇后、日並皇子尊の世を崇《あが》めまする。

切り出しの言葉は大津のそれを真似《まね》ていた。後に続いた河島・忍壁・芝基皇子も大津の言葉を真似た。「天照大神、現御神なる皇」を欠いたのは最初に誓いを述べた草壁だけだった。ますます草壁は動揺していたが、それを隠そうとして無表情を装っていた。心なしか、唇がこわばっているようにも見えた。

大津は大津で、まだ大名児との一件を引きずっていた。相変わらず悶々とした状態が続いていた。今日のことは皆が褒めてくれたが、嬉しいという気分にはなれなかった。もとよりこの誓いも皇后が仕組んだ茶番劇ではないか、と思っていたことも気分を白けさせていた。

結局、天皇は決断を見合わせた。立太子の件は先送りされた。

(確かに鸕野讃良《うののさらら》には苦労をかけた。だがわしの心の中にはまだ大田がいる。鸕野の手前、草壁を皇嗣《こうし》の第一位としておるが、もしもわしよりも先に鸕野が薨《みまか》れば、草壁も大津も皇嗣としての差はなくなる。温順な草壁に較べれば大津の方が有能であろう。しかし朕に似て、不羈奔放《ふきほんぽう》なところがある。朝廷創建の世ならいざしらず、これからは律令の世だ。天皇といえども政《まつりごと》は律令にしたがい、諸王や諸臣に任さねばならぬ。大津にとってそれは窮屈だろう……そういう意味では草壁の方が無難かもしれない。いずれにしても結論を出すにはまだ早い……)

今の心境を吐露しているのだろうか、天皇は歌を詠んだ。もう少し草壁と大津のことをよく見よう、天運を授けてくれたこの吉野の地が、きっとよき皇子を選んでくれるであろう――それは迷いの残る自分に対して言い聞かせているようにも聞こえた。

天皇、吉野宮《よしののみや》に幸せる時の御製歌

よき人の　よしとよく見て　よしと言ひし
吉野よく見よ　よき人よく見

〔『万葉集』巻一・二七〕

四　草壁立太子

吉野の盟約の翌年の天武九年（六八〇）の暮れ、鸕野皇后が病に伏した。天武に吉野の盟約の前の晩のことが甦ってきた。よからぬ考えが頭をもたげた。

（このまま鸕野が倒れてしまえば皇嗣の件はどうなるのだ……）

しかしそのよこしまな考えはおくびにも見せず、病躯の皇后に心優しい言葉をかけた。

――そちがいなければ朕は何もできぬ。一刻も早く治って朕を支えてくれ。それで朕は薬師瑠璃光《るりこう》如来に祈願することにした。薬師如来を造り薬師寺を建立する。

（賢い鸕野に我が本心を悟られてはならぬ。わしが本心から皇后の快癒を願っていると思わせねばならぬ。いや本心からそう願っている。心細くなった皇后が皇嗣問題を急《せ》かすやもしれぬ。皇后を安心させて先送りせねば……）

天武は己自身の心にも弁解をしていた。

――おお、かくも嬉しきお言葉。このまま天皇の優しきお言葉に浴したまま薨《みまか》りとうございます。

なんという偽善――友一郎は思った。

――天皇、果たして薬師瑠璃光如来さまのお顔を拝顔することができるでしょうか。それよりも皇太子《ひつぎのみこ》を早く決めていただかないと心が穏やかになりませぬ。病んでおりますとそのことばかりが気に懸かるのでございます。誰とは申しませぬ。天皇がお決めになった皇太子がいずれ新しき天皇となられ、この浄御原《きよみはら》の朝廷が永久《とこしえ》に続きますことを願うのみです。

皇后は、草壁を皇太子に――とは決して口にしない。心の内は見え見えであっても、あえて黙しているのだ。それが分かっているだけに、天皇はたまらなく辛い。

――余計なことは考えず養生しろ。薬師寺を建立するから安心しなさい。壬申の戦《いくさ》で亡くなった者たちも供養せねばならぬ。病に苦しんでいる者も助けねばならぬ。無論、何よりもそなたの病を祓うためじゃ。そちには一刻も早く元気になってもらわねば困る。後のことはすべて、そちが元気になってからじゃ。

天皇はその場を繕《つくろ》った。またしても皇嗣問題は先送りされ、それとは逆に、突如として薬師寺の建立計画が持ち上がったのだった。

『日本書紀』天武九年十一月条に、「皇后《きさき》、体不予《みやまひ》したまふ。則ち皇后の為に誓願して、初めて薬師寺を興つ。仍《よ》りて一百僧《ももたり》を度《いえで》せしむ。是《これ》に由《よ》りて安平《はいら》ぎたまふことを得たり」とある。多くの罪人たちも釈放された。

そのかいあってか、皇后の病気は治った。天皇は大きな宿題を背負った格好となった。

皇后はなおさらに焦っていた。この度は治ったから事なきを得た。しかしこの先のことが案じられると。

(このまま草壁の立太子が遅れれば、もしもということも考えられる。諸臣の人望は大津の方が勝っている。皇太子が決まらぬままに私が急逝したら、豪族たちは大津を推戴するやもしれぬ……)

皇后は居ても立ってもいられなかった。

なんと今度は天皇の方が病に伏した。

――天皇は私の身代わりになって患《わずら》われました。辛うございます。私の責任でございます。

ああ、私は何という罪を犯したのでしょう……。

皇后が天皇の前で嘆き悲しんでいる。どこまで本心なのであろうか？　友一郎は醒めた目で皇后が悲嘆に暮れているさまを眺めていた。

（このまま皇太子が決まらぬまま天皇が薨れば、草壁の立太子もどうなるかわからぬ。何とか天皇が元気なうちに、立太子を急がねば……）

皇后の胸の内が聞こえてくるようだ。

――おお皇后、それほどまでに朕のことを心配してくれるのか。嬉しいことよ。大丈夫だ。朕はまだまだせねばならぬことがある。心配には及ばぬ。

――であればよろしいのですが……。もしものことを考えると夜も寝ることができませぬ。心配には及ばぬといくら申されましても胸が震えるばかりです。……おお、そうだ。どうして気がつかなかったのでしょうか。私だけが元気になって天皇が病を患われたのは、薬師寺の建立を怠ったからに他なりません。天皇、今こそ薬師寺を建立せねば……。

――おお、そうであった。皇后、嬉しいぞ。その言葉を聞くだけで朕の病は飛んでいきそうだ。しかしながら、皇后はそちの祖父の遺志を継いで山田寺を建てている最中ではないか。無理をするでない。そちの気持ちだけで十分だ。

皇后の母は越智娘《おちのいらつめ》、その父、つまり皇后の祖父は蘇我倉山田石川麻呂である。石川麻呂は飛鳥の北東に山田寺を建てていた。ところが弟日向《ひむか》が裏切ったため、中大兄皇子により滅ぼされ、越智娘も自殺した。祖父と母が非業の死を遂げた後、皇后は祖父の遺志を継いで山田寺建立を継続させていたのである。

——いえ、心配には及びませぬ。山田寺の建立よりも薬師寺の方が大切でございます。天皇には一刻も早く恢復していただかねばなりませぬ。

——皇后、そなたなしでは朕は生きていけぬ。朕のそばで手を貸してくれ。皇后、是非ともそちの願いを叶えたい。何なりと申せ。

——天皇、ご褒美が欲しくて申したのではございませぬ。

皇后はひたすら天皇の病を憂える妻を演じている……。

——そのような哀しい目をするな。朕の好意をもっと素直に受け入れろ。心配なことがあれば何なりと申せ。

（しめた……）

と皇后はほくそ笑んだのであろうか、そんなことはおくびにも見せず、皇后は遠慮がちに言った。

——一つだけ、どうしても心配なことがあります。新羅のことも心配です。唐もこれからどうなるのか……、そのようなとき、再び壬申の大戦《おおいくさ》のようなことが起これば、わが国は唐に攻め滅ぼされるやもしれませぬ。

――なんだ、皇后はそんなことを心配していたのか。心配には及ばぬ。だから新羅にも使いを遣り、唐とも交渉している。大宰府の防人《さきもり》も増員したし、水城《みずき》も強化した。

――しかし天皇、皇太子を早くお決めにならないと、争いのもとにもなりかねませぬ。

――言われなくとも分かっておる。

――それから、高市皇子のことですが、上宮王家なき後の片岡司《かたおかのつかさ》は高市と大伴が引き継いでおります。大伴は大坂の関（香芝市穴虫）に駐屯し、大和の西の守りを固めております。片岡《かたおか》高市は哀れな王家の霊を鎮めるために、片岡に般若寺《はんにやじ》と般若尼寺を建立しております。女王《ひめみこ》をはじめ、非業の死を遂げられた王、女王を弔うことが天皇を病から救う術《すべ》だと考えているようです。朝廷としても高市に援助するように申しつけていますが、天皇の方からも高市に礼を言ってやってください。

――そうか、高市がそこまでしてくれているのか……。高市には苦労ばかりかけている。高市の母のことがなければのう……。

皇后のこの言葉は、いずれ高市に伝わることを見越してのことである。高市の母が尼子《あまこの》娘《いらつめ》で身分が低く、高市が皇太子になることがないのを承知の上で高市に心遣いをした。高市が大津に近づくことを避けさせる狙いもあった。

――吉野の盟約は草壁を要《かなめ》として行ったつもりだ。近く日並皇子を皇太子とする。

ついに天皇が断言した。

笑みを浮かべた皇后の顔が見えた。こんな嬉しそうな皇后の顔を見るのは初めてだ。天武十年（六八一）二月のことだった。同じ日、飛鳥浄御原令《あすかきよみはらりよう》制定を命じる詔が出された。草壁は二十歳に、大津は十九歳になっていた。

五　大名児との再会

（分かっていたこと、自分でも心の整理はできていたはずなのに、このやるせなさは何なんだ……）

草壁の立太子が決定された後、大津の気持ちは複雑だった。表向きはいつも通り、いや普段より明るく振る舞っていたかもしれないが、気分は晴れなかった。

しかもその一月後には、河島皇子を筆頭に、忍壁皇子、広瀬王などと中臣大嶋らが天武より『帝紀』の編纂を命ぜられた。帝を中心とした朝廷の歴史と上古からの諸事をまとめるという大事業だ。しかし大津は蚊帳《かや》の外だった。どこか取り残されたような気がしてならなかった。

——あなたの方がずっと皇太子に相応しいのに……。

——残念です。私はあなたが皇太子になるのを待ち望んでいました。でもいつか機会がめぐってきます。それまで気を落とさずにご精進を……。

——皇后の病はきっと再発します。皇后さえいなくなれば、振り出しです。まだまだこれからです。

——東国や九州のかつての造《みやつこ》たちは、密かにあなたの挙兵を望んでおります。時がくれば、喜んで馳せ参じましょうぞ。

——壬申の乱で敗れた近江の宮に仕えた者たちが冷遇されて苦しんでおります。あなたは天智天皇からもっとも可愛がられた皇子、彼らはあなたの味方です。

——おっ、そうそう、大友皇子とあなたを見較べる者もおります。大友皇子もあなたも立派な方だ。天皇になるのに非の打ち所がないほどです。けれども共に運には、いや母親に恵まれていない。しかし天運はいつかは変わるものです。天の祥瑞《しょうずい》を見逃してはなりませぬ。天の動きをみる者を紹介しましょう。

——今、天皇に仕えている者たちも、心の内では決して日並皇太子に仕えることを望んではおりません。大津さまは若き日の大海人皇子を彷彿させます。あなたを慕っている旧臣は多うございます。

——中国の『易経《えききょう》』に「潜龍勿用《せんりゅうもちうるなかれ》」という言葉があります。「潜龍」とは地下に潜んだ龍のことです。才徳があっても軽々しくこれを用いることなく、修養して時機の到来を待つべきです。皇子はまさに潜龍です。きっとその時が来るはずです。

——皇子、気をつけてください。皇子の動きを皇太子に報告する者がおります。皇后や皇太子に追従《ついしょう》する者も増えてまいりました。

誰かと二人きりになれば、決まって相手の者は大津に気遣《きづか》った。そんなとき、大津は、

——これからは律令の世だ。唐を見倣って、唐にも負けぬ立派な律令国家を造っていかねばならぬ。わしは皇太子を補佐し、今まで以上に働くつもりだ。そちらもその心づもりでわしに力を貸してくれ。いいな。

自分でも分かっていた。政《まつりごと》に対する意欲がともすれば冷めそうになる己に対して、もっと正確にいえば草壁に対して嫉妬している卑小な己に対して言い聞かせている言葉なのだ。しかしそれを言えば言うほどに自分が虚しくなる。その思いを相手に悟られまいと、つい多弁になりがちだった。

吉野の盟約からわずか二年でこれだけ状況が変わるのか——大津は溜息をついた。これか

らの自分のあり方について思い悩む日が続いた。やる気が失せようとしていた。

それから二年が過ぎたある日のことだった、大津は二十一歳になっていた。朝廷での務めを終え、訳語田《おさだ》の自宅への帰る途中のことだった。山の麓《ふもと》にある池に馬がさしかかったとき、池の向こう岸に一人の采女が佇んでいるのが見えた。

(大名児《おおなこ》ではないか――)

大津の心が騒いだ。

大きな池なので、池の向こう岸までは随分と距離があったが、大津にはその采女が石川郎女であることがすぐに分かった。

(大名児はまだ俺に気づいていない。大名児は今は草壁に仕えている采女だ。夜も共にしているという噂も耳にする。今さら逢うのも未練がましい。このまま気づかぬふりをして通り過ぎようか――)

大津はふと思ったが、久しぶりに逢った大名児に声をかけずにはいられなかった。馬を引く舎人《とねり》をそこに待たせたたまま、大津は池の堤を夢中でかけていった。

――大名児っー!

突然のことに彼女は驚いた。

――大津さま……。

――久しぶりだな、大名児。元気にしておったか。

――お懐かしゅうございます。大名児は大津さまに逢えなくなって淋しゅうございました。

――嘘をつけ。皇太子に可愛がられていると聞くぞ。皇太子はいずれ天皇になる。早く皇太子の子を身籠《みご》もらないとだめだぞ。そうなると、そちの子は皇子となる。そちも皇子の母、つまり天皇の夫人となれるのだからな。

――四年ぶりに逢ったというのに嫌味なことをおっしゃいます。

――嫌味なものか、大名児。大友皇子は天皇になられる寸前だった。壬申の大乱で敗れはなさったが、勝敗の如何では天皇だったかもしれぬのだ。大友皇子の母上は伊賀采女宅子《やかこの》娘《いらつめ》だ。あのまま大友皇子が天皇になっておられたら、伊賀の采女だった宅子娘は天皇の母君になれたんだからな。大名児だって日並皇太子《ひなみしのひつぎのみこ》の子を産めば、その子はいずれ皇子になる。父上も喜ばれるぞ。

――そんなことばかりおっしゃって、大名児は哀しくなります。大名児は、大津さまのことを思わぬ日はございませんでした。陰ながらお姿は幾度も拝見しておりました。本当でございます。第一、皇太子は皇后さまの妹阿閇皇女《あへのひめみこ》さまを娶《めと》られました。間もなく皇子がお生まれになり、その子が次の皇太子になっていかれましょう。大津さま、皇太子のことはお口になさらないでください。私の心の中は大津さまのことばかりです。

——いつもながら、心憎いことを言うのう……。まるであの日の歌のようだな。

——〈我を待つと君が濡れけむあしひきの山のしづくにならましものを〉でございますか？

——ああそうだ。あのとき我は〈あしひきの山のしづくに妹《いも》待つと我立ち濡《ぬ》れぬ山のしづくに〉と詠んだはずだ。覚えているか？

——もちろんでございます。私はあのときの思い出を大切に生きております。片時も忘れたことはございません。

——大名児……。

大津は大名児の手を取り、強く引き寄せた。二人は抱擁した。いつまでも抱き合っていた。池の彼方には二上山《ふたかみやま》が望めた。その二上山に夕日が沈もうとしていた。夕日が池の水面《みなも》に映って煌《きら》めいていた。

——美しい夕日だこと……。

大名児には、抱かれた大津の肩越しに落日が見えていた。大名児のひと言に大津もふり返った。茜《あかね》色に華やいだ雲が西の空にたなびき、その幽美な夕焼けが二人の目に映った。

大名児の白い頬に夕日が当たって、頬を紅く染めていた。大名児がいっそう美しく見えた。

——大名児、我はそなたを離したくはなかった……。

——けれども引き留めてはくださいませんでした……。

——仕方がないではないか。皇太子もそなたを好いていた。どうすることもできぬ。

大名児は泣いていた。

そのとき、池の反対側で黒い影がわずかに動いた。見つめ合って昂揚している二人には、その黒影は目に入らなかった。

——大名児、今度、いつ逢える……？

——そればかりは……。

——文《ふみ》を河島皇子に託せ。河島は皇太子のそばにいることも多い。河島には申し伝えておく。逢うことが叶《かな》う時と場所を文に記《しる》してくれれば、そこに行く。駄目なときは河島に俺の方から文を託す。

——とてもできません。こわい……。それに河島皇子とは一度も話したことがございません。

——ならば、河島からそちに声をかけるように申しておく。返事を河島に託すのだ。待っているぞ。

——…………。

大名児は、はにかみながらも黙って頷いた。そうして馬に乗って立ち去っていく大津の後ろ姿をずっと眺めていた。

大名児が密かに大津と出会えることを意識して待っていたのかもしれないし、単なる偶然だったかもしれない。ただこの再会が、大津の運命に多少なりとも影響を及ぼしたのでは……と思っていたら、友一郎の意識が薄らいでいった。

目が覚めた。あたりは暗い。

どこかの館の一室、二人の男がなにやら強い口調で口論している。

――大津、それは危険だ。

――分かっている。分かっているが、どうしようもできないのだ。一度は諦《あきら》めたが、その分、俺の気持ちは止めようがなくなった……。頼む、助けてくれ、河島――」

どうやらここは大津皇子の邸、相手は河島皇子らしい。口論というよりも、大津皇子が一方的に河島皇子に何事かを頼み、河島皇子がそれを拒んでいるようだ。ときには真剣に大津を説得している。

――大名児が草壁のもとに行ったとき、そなたは観念して諦めたはずではないか。

――ああ。たしかにそのつもりだった。だが、ああして大名児に再会してみたら、もう自分の心を抑えることはできぬ。もうどうなってもよいのだ。政《まつりごと》は皇太子が行えばいい……。

——子どもみたいなことを言うな。

——ああ、そうだ。俺は子どもだ。だがな、河島。幼き頃、俺は大好きだった母に先立たれた。心の支えだった姉も伊勢に出されて離れ離れにされた。愛おしい大名児との間も引き裂かれた。こともあろうに草壁のもとにだぞ。俺は何のために生きているのだ……。

大津は悔しさをにじませ、拳を強く握った。

——その気持ちはよく分かる。誰がみても、そなたの方が皇太子に相応しいことは皆が認めている。天皇も大津に期待しておられる。だから、ここは我慢しろ。朝政に参加することが許されたばかりではないか。せっかく実力が認められたというのに、天皇の期待を踏みにじるな。

河島は大津を慰め、そして諫《いさ》めた。

『日本書紀』の天武十二年（六八三）二月条に、「大津皇子、始めて朝政《まつりごと》を聴《きこ》しめす」とある。この年の二月、二十歳で皇太子となった草壁に遅れること二年、大津は二十一歳にして朝政に参加していた。

——今が大事なとき、そなたの力を示すときではないか。正直、皇太子は皇后の後ろ盾がなければ何もできぬ。要領よく皇后の意を窺《うかが》う風見鶏《かざみどり》たちばかりでは新しい世は作れぬ。大津、そなたが中心になって新しい律令国家をつくろうではないか。そのためには新しい氏族制度もいる。意欲に燃えている官僚たちは大津に期待している。このままでは皇后と皇太子中心の政《まつりごと》に皆がやる気を失っていくぞ。

――たしかにそうだな。だがな河島、そちだから言うが、ここで俺が頑張れば頑張るほど、その手柄は皇太子のものにされ、しかも皇后からは疎《うと》まれる。俺がいくら頑張っても所詮、皇太子になれることはない。なあ河島、そなたも知っている通り、草壁は俺から大名児までも奪い取っていった。なあ、俺は何なんだ。分からなくなってきた……。

大津は苦悩し悶《もだ》えていた。河島はそんな大津の肩にそっと手をやった。

――大津、史《ふひと》には気をつけろ。いろいろなところから情報を手に入れているという噂だ。やつの諜報網は全国に張り巡らされているという話も聞く。大津、その網にかかるなよ。安麻呂どのの妹娼子《しょうこ》どのが史のもとに嫁《とつ》いでいる。大名児の件とて、史が関与していたのかも知れぬ。

――史か。今だから言うが、新しい姓《かばね》の案を皇后に提出した後のことだった。中臣の姓が藤原に変更されていた。宿禰《すくね》が朝臣《あそん》に変えられていた。まあ、藤原姓への変更については鎌足公のことがあるからいいとして、中臣が朝臣であることには釈然としなかった。中臣が朝臣であるなら、大伴も朝臣にせねばならぬ。大伴が宿禰である以上、中臣も宿禰であるべきだ。そう申したが聞き入れられなかった。

——その件は史ではなく大嶋の仕業《しわざ》だろう。いずれにしても史には気をつけろ。焦るな。時を待つんだ。

——すまん。だが大名児のことだけは頼む。一度だけでいい。あのまま声をかけずに別れるわけにはいかん。逢ってきちんとわけを話す。その上で大名児のことはきっぱりと忘れる。頼む、河島。

河島は困った顔をしていた。眉をしかめ、しばらく考え込んでいた。

そしてついに大津に同情したのか、体を前のめりにし、大津の肩に手をやった。

——大津、分かった。一度だけだぞ。

——ありがとう、河島。恩に切る。

大津の顔に笑みが浮かんだ。大津は河島の手をとって礼を繰り返した。

大津は白い紙と筆を取り出し、何やら書き出した。

当時、紙はまだたいへん貴重なものだった。写経や漢籍の勉強に使っていた貴重な紙に大名児への文をしたためた。

大津は書き終わると、その紙を丁寧に折りたたみ、封をした後、河島に渡した。河島は文を懐に入れると、そのまま大津の邸を辞した。

大津皇子の邸の一件から数日後、河島はようやく一人でいる石川郎女に逢うことができた。彼女とは何回もすれ違っているが、いつも誰かと一緒だった。

——あのぉー……。

急に呼び止められた大名児は驚いた。少し怯《おび》えたような顔をしている。

——すみません、これは大津皇子から預かってきたものです。

と言って、託《ことづ》かってきた文を渡すと、すぐに立ち去った。

突然のことに彼女は立ちすくんだままだった。しかし、それが大津からの文であることが分かると胸がときめき、気持ちが急に高ぶってきた。早く文を見たい！　という衝動にかられ、気持ちが舞い上がった。けれども今は皇后から呼ばれているところだ。この文は絶対に見つかってはいけない。ふうっと一息をついて心を落ち着かせた。愛しい大津からの文は後でゆっくりと見ることにして、すぐにその場を立ち去り、皇后のもとへと急いだ。

ようやくのことで皇后から解放された大名児は、一人隠れて大津皇子の文を取り出した。ああ胸が苦しい……。封を大切に開けなければ……大切な文……。

（大名児、明日、この前と同じ刻、同じ場所で待っていてくれ。遅れるかもしれないが、それでも待っていてくれ。今宵はそなたが山の雫《しづく》に濡れるかもしれないが……)

その文には大津の字が書かれていた。男らしく堂々とした字だった。

(ああ、大津さま。愛しい大津さまの字……、でも明日は皇太子からお誘いを受けている……ああ、どうしたらいいのかしら……)

石川郎女は一度は有頂天になったものの、今度は途方にくれてしまった。

(河島皇子に会えないという文を託そうか……。いや、そうすれば二度と大津さまに逢えなくなるかもしれない。ああ、どうしたらいいの……。そうだ、急に体調を崩したということにしよう……)

大津皇子にどうしても逢いたい、という気持ちは、山の雫《しづく》になってもいいという気持ちと同じだった。大津への強い恋慕は、彼女に〝偽り〟という答えを引き出させた……。

六　河島皇子に忍び寄る影

日が明けた。いつもどおり宮廷に出仕したが、大名児は朝から落ち着かなかった。どう言い訳しようと、それればかり考えていた。心ここにあらずという状態だった。

——どうしたのですか、大名児……？

どうもようすがおかしいと思った皇后が声をかけた。隣には草壁も控えていたが、見て見ぬふりをした。草壁としては今宵のことがあるので、今は大名児とは少し距離をおいておきたいと思っていた。それで大名児から目を逸《そ》らした。

——皇太子《ひつぎのみこ》、そなたも気がそぞろですよ。まず新しい姓《かばね》の制度を考えねばなりません。これは、かつての有力な豪族たちによる合議国家から律令国家に変わるための基礎となるものです。律令国家に相応しい官僚制度をつくる必要があります。皇太子、豪族たちの出自や系図、一族の内容などの調査は進んでいるのですか？

——はい、皇后。その件は大津皇子が中心にやってくれています。天皇が大津に申しつけたものですから。

——大津か……、まあよろしい。大津なら立派にやるでしょう。しかし皇太子、途中の報告はきちんと受けているのですか？　たとえ大津が考えたとしても最後は皇太子であるあなたが確認をし、天皇に報告すべきです。天皇もこれからはあなたに政《まつりごと》を任せていかれるはずですから……。

——はい……。

皇后の命に草壁は歯切れ悪く口ごもった。草壁としても分かってはいるのだが、大津を中心として結束しているグループの熱い空気についつい遠慮して、突っ込んだ内容が聴けないでいた。「調査は進んでいるのか？」と尋ねても、「順調です」「まもなくです」「皇太子は安心してみていてください」などと返されるだけだった。それ以上聴くと、「大津皇子と相談します」と言われそうで、つい尻込みしてしまうのだ。

朝議も終わり、一息つこうと思ったら、大名児が人目を忍んでやってきた。俯《うつむ》いたままで顔を上げようとしない。どこか辛そうだ。

――どうした、大名児。身体の具合でも悪いのか？

草壁は心配げに尋ねた。

――はい、あのー……急に頭が痛くなりまして……申し訳ございません。

――それはいけない。今日は帰って養生しろ。

――でも……。

少し位しんどくても、いつもなら「大丈夫です」と言うところだ。しかし今日はそういう訳にはいかない。「大丈夫です」と言って痩せ我慢を張ってしまえば、大津に逢えなくなってしまう。大名児は「はい」とも言えず、苦しい返事をしていた。

――今日のことはいい。まず身体をいたわれ。熱はないのか？

――申し訳ございません……。

石川郎女は嘘をついた。大津に逢いたいがために皇太子を偽った。

その部屋の向こう側では、河島が聞き耳を立てていた。河島は苦虫を噛みつぶしたような渋い顔をしていた。この先のことを案じていたのだ。

（これが皇后に露見し、大津の身に災いとならなければいいのだが……）


——河島皇子、何かご存じですか。どうも石川郎女のようすも、皇太子のようすもおかしい。二人の間に何かあったのですか？

——いいえ、特に何もないと存じます。ただ、彼女は今日は身体の具合が悪いようです。それで皇太子さまが、帰って休めと申されました。

——そうですか。それで具合はかなり悪いのですか？

——詳しいことは分かりません。

——うむ……まあ、そなたからも彼女にゆっくり養生するように伝えてやってください。しばらく出仕も控えるように申してやってください。

——分かりました。

——ところで河島皇子。よからぬことが耳に入ってきました。大津が石川郎女と密会しているのを見たという者がいるのです。そなたは大津と親しい、何か知っているのではありませんか。

――いいえ、何も存じておりません。

――河島、嘘は許しませんよ。あなたが二人の仲を取り持っていると、その者は申しておりました。正直に申さないと身のためになりませんよ。

――嘘など申しておりません。

河島は動揺していたが、気を強くもって否定した。

――本当ですね。

――はい。

――では、これは何なのですか？

皇后は、河島が大津から託された文を取り出し、河島の前に示した。河島は思わず息がつまった。心臓が破裂しそうだった。

（なぜだ！　大名児が裏切ったのか……）

河島はこの事態を理解することができなかった。

――もう一度尋ねます。これは何なのですか？

答えることができない。どうしよう。河島はただ黙って突っ立っていた。

――あなたが、この文を石川郎女に渡すのを見た者がいます。その者が怪しいと思って、郎女に気づかれぬように抜き取ったのです。

（ああ、何ということだ。これほど早くばれてしまうとは……）

大津皇子の歌にもあった津守連通《つもりのむらじとおる》は諜報を占いに利用した男である。皇后はその通に大津の行動を監視させていた。スリまがいのことなど御手《おて》のものである。大津皇子と大名児の逢瀬も、大津に頼まれて河島皇子が大名児に文を渡したことも、皇后はすべてお見通しだったのである。大津も河島も皇后を甘く見ていた。しまったと後悔したが、後の祭りだった。

――私は近江帝の娘です。皇子、そなたも近江帝の子です。母は違えど、私たちは血を分けた姉弟《きょうだい》です。大友皇子も亡くなった今、そなたは私の数少ない弟の一人です。私はそなたを責める気などありません。このことは私の胸のうちに納めておきます。ですから皇子、今後、このようなことは慎んでください。

意外だった。予想外の皇后の寛大な言葉に河島は驚いた。窮地に陥れられ、目の前が真っ暗になっていたところが、皇后は優しく許してくださった。普段意識することは少なかったが、よく考えれば皇后は我が姉だ。魂胆があるようで気持ちが悪いが、とりあえずはほっとした。それが河島の偽らざる気持ちだった。

（とはいっても、大津にはどう言えばいいのだ……）

第二章　二人寝し

一　鎌足の子、定恵と不比等

——よく帰ってきてくれた……。

朝服《ちようふく》らしき衣服を纏《まと》った男が泣いている。息子とおぼしき青年を抱きかかえ、感激のあまり言葉にならないようすだ。

——済まなかったな。苦労をかけた……。こんなに痩せて、体は大丈夫なのか?

たしかに、その青年の体は痩せ細り、顔色も悪い。

——ご心配をおかけしました。長い船旅で少々疲れてはいますが、大丈夫です。父上、こんな素晴らしい修道の旅ができましたのも、すべて父上の信仰のお陰だと感謝いたしております。直《じか》に釈迦牟尼《しやかむに》さまの教えを授かったにも等しい体験をさせていただきました。無上の喜びです。

——そうか、そうか……。そう言ってくれれば私も救われる。たしか十一歳だったな。そんな幼少の一人息子を唐に修行に出す父親など、この世にはいまい。皆からも冷酷、薄情などと非難された。実の子ではないのでは……とまで言われた。正直、わしも後悔したのだ。

——いえ、私はあの玄奘《げんじょう》さまのご尊顔も拝見させていただくことができました。いつぞやはお声掛けもしていただきました。それに私の師は、玄奘さまが天竺《てんじく》から持ち帰られた数々の貴重な経典を翻訳されている神泰《じんたい》さまです。私は長安の慧日《えにち》道場で学ばせていただきましたが、慧日寺では道因さまから涅槃《ねはん》、維摩《ゆいま》、法華《ほっけ》などのお経や摂大乗《しょうだいじょう》のご講義も受けることができました。唐の高僧ですら経験することのできない奥義《おうぎ》も聞くことができました。私は果報者でございます。

——そうか、そうか。まあ、今宵はゆっくりと休め。久しぶりにうまい日本《やまと》の料理《めし》でも食べながら、唐での話を聞かせてくれ。

——父上、その前に私の弟や妹を紹介してください。私が旅立つときにはまだ生まれていなかった私の兄弟を……。

——そうか、そうであったな。

男は子どもたち一人一人をこの青年に紹介し始めた。

今、友一郎の目の前で展開されている、父と子の再会劇。父親の後ろには母親とおぼしき女性と一人の少年と三人の娘が控え、ともに涙を流して喜んでいる――いったい、誰なんだ？衣服から想像すると、これは飛鳥時代なのか？

友一郎のすぐ目前に飛鳥人《あすかびと》がいる。手が届きそうで届かない、話しかけられそうで話せない不可思議な空間……、しかし友一郎が存在している世界とは明らかに異質な空間、説明しがたい隔絶感を感じる……。

「これは……？」

友一郎は目の前の光景から目を逸らした。すると尼僧の姿がおぼろげに現れてきた。

「中臣鎌足公とその長子定恵《じょうえ》さまでございます。それに妻の鏡王女《かがみのおおきみ》と次男の史《ふひと》どの、娘の氷上娘《ひかみのいらつめ》、五百重娘《いおえのいらつめ》、耳面刀自媛《みみもとじひめ》さまでございます。定恵さまは白雉《はくち》四年（六五三）、わずか十一歳のとき、父鎌足公の命により、遣唐使の一行と共に唐に渡られたのでございます。この中には大嶋どのの兄、安達《あんだち》どのも僧として加わっておられました」

と尼僧は答えた。

史とは後に不比等と名乗る男のことである。氷上娘は後に天武天皇の夫人となり、但馬皇女《たじまのひめみこ》を産んでいる。五百重娘も天武の夫人となり、後に藤原夫人《ふじわらぶじん》とも呼ばれ、新田部皇子《にいたべのみこ》を産んでいる。耳面刀自は大友皇子の妻となった。しかし今はまだ娘たちは小さい。

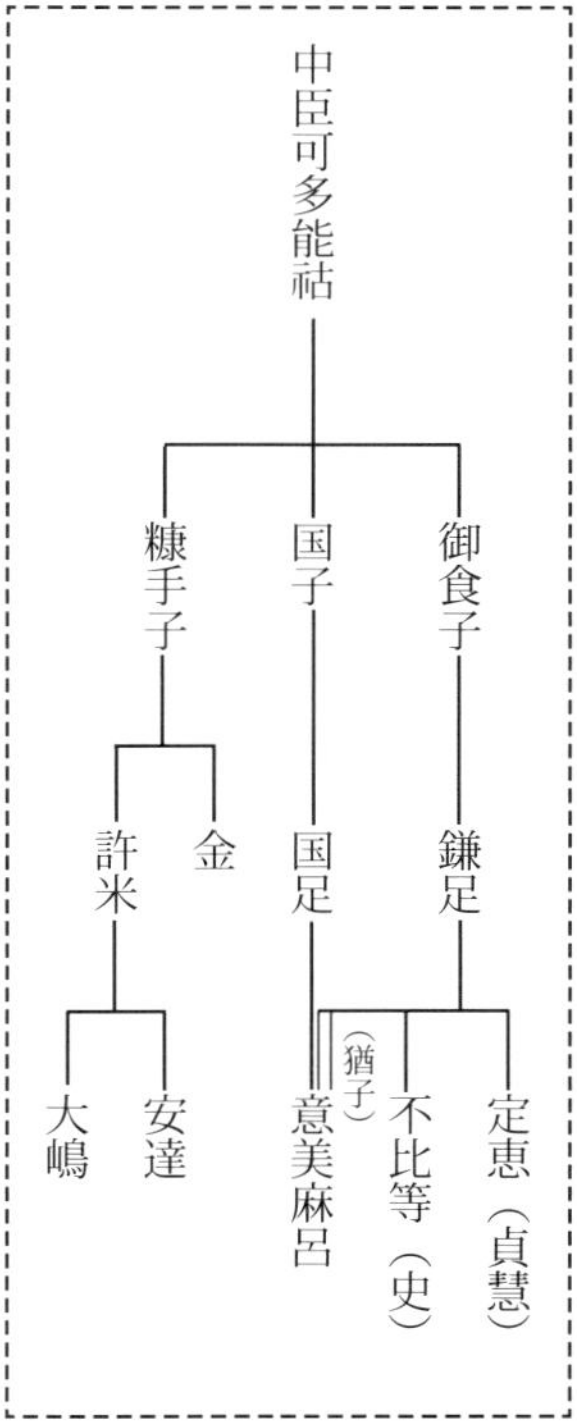

「中臣鎌足というと、あの大化の改新で有名な鎌足ですか？　中臣、いや藤原鎌足の長子は不比等だとばかり思っていましたが……」

友一郎は驚きを隠せない。

「天智天皇は中臣鎌足公がお亡くなりになるとき、その功績を称え、藤原姓をお与えになりました。鎌足公には皇極天皇の二年にお生まれになった、定恵という男子がございました。定恵さまが唐に旅立たれたときには、史どのはまだお生まれになっていません。史どのがお生まれになるのは、その六年後の斉明天皇六年（六五九）のことでございます」

「ということは、鎌足はたった一人の息子を唐に遣ったということですか？　遣唐使の船は難破することも多く、唐への渡航はかなり危険だったはずでは……、そんな危険を冒してまで、しかもまだ少年である息子を唐に渡らせたのですか、鎌足は……」

『日本書紀』白雉五年（六五四）二月条に、伊吉博得《いきのはかとこ》（壱伎連博徳《いきのむらじはかとこ》。大津皇子事件に連座したが釈放される）の伝が載せられている。その中の遣唐使高向玄理《たかむこのくろまろ》が唐で卒した記事の文註《ぶんちゅう》として、学問僧の恵妙《えみょう》と覚勝《かくしょう》が唐で死んだこと、知聡《ちそう》・智国《ちこく》・義通《ぎつう》が海で死んだことが付記されている。学問僧として唐に行くことがいかに危険な旅であったかが窺い知れる。なお同じ分註に、「定恵、乙丑年《いっちゅうのとし》を以ちて劉徳高《りゅうとくこう》等が船に付きて帰る」という記事もみえる。定恵が無事帰国できたのは、決して当たり前のことではなかった。この記事からも、息子の帰国を安堵し喜ぶ父鎌足の、言うに言われぬ心情が察せられよう。

「さようでございます。もっとも鎌足公も家系が途絶えるのを危惧されたのか、一族の意美麻呂どのを猶子《ゆうし》となされました。定恵さまは唐に渡る前に、小野妹子どのと一緒に隋に渡られた慧隠《えいん》さまのもとで出家なされました。それほどまでに鎌足公の信仰には篤いものがあったのでございます」

この時代、猶子と養子との間にさしたる差異はないと思われる。

「信じられない……」

友一郎は一般的な鎌足評との格差に驚いた。

「定恵さまは唐から多くの経典や書物を持ち帰られました。わずかですが、私どももその経典や疏《しょ》などを書き写し、勉強させていただきました。定恵さまは立派な方でございます。若くして遷化《せんげ》されたのが惜しまれます。年端《としは》もいかない定恵さまを唐に遣られた鎌足公も立派です。人はいろいろと申されますが、私は心から日本の行く末を案じておられたのは鎌足公ではなかったかと存じ上げております」

尼僧はしみじみと鎌足・定恵父子についての思いを語った。

白雉四年、五年（六五三、四）と二年続けて遣唐使が派遣された。そしてその中には、鎌足の一人息子である定恵、同族である大嶋の兄の安達《あんだち》、中臣間人連老《はしひとのむらじおゆ》、それに加えて中臣氏とゆかりの深い田辺史鳥《たなべのふひととり》も加わっていた。これは明らかに、中臣鎌足の遠大な計画によるものであろう。鎌足はこれからの時代、中臣一族は祭祀を掌るだけではだめだと明確に意識していた。

皇極天皇三年（六四四）正月、鎌足は神祇伯《かむつかさのかみ》を拝したが、これを辞退している。疾《やまい》と称し三島（河内国三島郡）の家に引き籠もってしまった。代々、祭祀を掌る中臣家の惣領でありながら神事奉斎の職に飽き足らず、政治や外交に舵を切っていこうとしていた。

鎌足は大化の改新の立役者とはいうものの、政界のフィクサー的存在として、あまりいいイメージはもたれていない。しかしながら彼は、「新しい仏法を学び、儒教、道教、律令、経済など唐から学ばねばならぬものが山ほどある、中臣が中心となってそれらを学び取る、そのうえで中臣一族が日本を主導していく」、そんな風に将来の日本の行く末を見定め、中臣の進むべき道、果たすべき役割を思い描いていたようにも思われる。時代の流れを読みとる嗅覚において、当時、彼に勝る者はいなかった。

玄奘は貞観《じょうがん》十九年（六四五）、西域から、サンスクリット語で書かれた六五七もの仏経原典を長安に持ち帰った。ちょうど大化の改新があった年のことである。その三万キロにも及ぶインドへの旅は『大唐西域記』としてまとめられた。日本では『西遊記』の三蔵法師として有名である。

唐のなかでも特に優れた十二人の僧侶が長安の弘福寺《ぐふくじ》の玄奘のもとに集まり、それらの経典の翻訳作業に取りかかった。彼らは日夜精励し、『大菩薩蔵経』二十巻、『仏地経《ぶつじきょう》』一巻、『大乗阿毘達磨《あびだるま》雑集論』十六巻など合計五十八巻を著した。神泰はその十二人の中心人物である。この翻訳が始められてから八年後に定恵が唐に渡り、神泰の弟子となった。

「玄奘さまは『瑜伽師地論《ゆがしじろん》』や『成唯識論《じょうゆいしきろん》』など、法相宗《ほつそうしゅう》がよりどころとする経典を数多く釈出《しゃくしゅつ》されています。ある意味、玄奘さまが法相宗の開祖ともいわれる由縁でございます。なお法相宗は定恵さまとご一緒に唐に渡られた道昭《どうしょう》さまが日本に伝えられ、薬師寺や興福寺がその本山となりました。

『瑜伽師地論』とは、インドのガンダーラ国で生まれ、弥勒《みろく》信仰を大成された無著《むじゃく》（アサンガ）さまやその弟世親《せしん》（ヴァスバンドゥ）さまの思想が中国に伝えられ、継承されたものでございます。無著さまは弥勒（マイトレーヤ）さまから教えを授かり唯識論を深められました。

玄奘さまはナーランダー寺院で唯識教学を学ばれ、次第に弥勒菩薩のおられる兜率天《とそつてん》に上生《じょうしょう》したいという上生欣求《ごんぐ》の思想を強めていかれました。玄奘さまの弟子であった慈恩《じおん》大師《だいし》さまもそうです。あの方も『仏説観弥勒上生経疏《ぶつせつかんみろくじょうしょうきょうしょ》』を書かれたほどの上生欣求者で、弥勒浄土つまり兜率天に上生することを願われた方でございます」

その証拠に、今も法相宗の本山・薬師寺では慈恩会《じおんね》が最重要の法会《ほうえ》となっている。

尼僧は法相宗の起源、玄奘やその弟子慈恩大師のこと、慈恩大師が法相宗に関わる唯識関係の書物を著したこと、そして弥勒のいる兜率天への上生欣求を強めていったことなどについて詳しく説明した。

友一郎は黙って尼僧の話を聞いていたが、彼には少々難しすぎた。ただ玄奘は弥勒信仰が強く、その弟子達もそうであったということだけは何となく理解ができた。いずれにしても定恵は、中国仏教史における極めて重要な時期に、玄奘の弟子である神泰や道因から最先端の法相宗の教えを受けていたことがおぼろげながら分かった。

「先ほど定恵さまが、道因法師のことを話されていたのを覚えておられますか？」

「ええ」

友一郎が頷《うなず》いた。

「道因法師も神泰法師同様、玄奘さまの経典の訳経僧のお一人です。慧日寺《えにちじ》の寺主玄楷《げんかい》さまが道因法師を招かれたのは、あの方の維摩《ゆいま》や摂大乗論《しょうだいじょうろん》に関する研究を尊敬されていたからです。そのお陰で、定恵さまも道因法師の立派なご講義を聴くことができたのでございます」

道因については、中国の『宋高僧伝《そうこうそうでん》』に、「其れ摂論《しょうろん》・維摩は仍《よ》りに章疏《しょうしょ》に著はれ、己にして能事畢《おわ》れり。疾《やまい》を示し長安の慧日寺に終る。則《すなわ》ち顕慶《けんけい》三年（六五八）三月十一日也。春秋七十二」とあり、彼が亡くなった五年後の六六三年に「道因法師碑」が建てられている。

定恵が入唐したのが六五三年で、日本に帰朝したのが六六五年であるから、定恵が慧日寺で玄奘の高弟である道因から強い影響を受けていたことが推察される。

「定恵さまは維摩経、法相宗における弥勒信仰や唯識論の影響を強くお受けになられ、それを日本に持ち帰られました。定恵さまが唐から帰国されたのは二十三歳のときで、天智四年（六六五）のことでございます。けれどもお気の毒なことに、帰国された三カ月後にお亡くなりになってしまわれました――」

定恵は早逝した。唐において最新の仏教を学び、鎌足の外交政策を支える役目を期待されていただけに、その死が父鎌足に与えた衝撃は計り知れない。

「何か、定恵って可哀想な人のような気がしますね」

長年にわたる異国の地での苦学、苦難の渡海などで定恵の体は蝕《むしば》まれていたのであろうか――と友一郎が思っていたら、尼僧が思いも寄らぬことを言い出した。

「定恵さまは、百済の人に毒殺されたのかもしれません」

何ということだ……。友一郎はまたもや言葉を失った。尼僧は構わずに話を続けた。

「定恵さまが命をかけてお持ち帰りになった教えは、父鎌足公が大切になされました。鎌足公は私財を使って元興寺《がんごうじ》で摂大乗論講を開かれました。摂大乗論とは無著《むじゃく》さまが五世紀頃にお書きになった唯識の書で、法相宗の中心となる理論でございます。山階陶原《やましなすえはら》の家（山城国宇治郡）でも維摩会《ゆいまえ》を設けておられます。後にこの山階陶原の家が山階寺《やましなでら》となり、奈良に移って法相宗の本山・興福寺となりました。史どのも興福寺で維摩会を大切に守っていかれました」

この山階陶原の家は鏡王女《かがみのおおきみ》のために鎌足が建てたものである。鏡王女は不比等の母であり、あの麗しき額田王の姉でもある。したがって鏡王女も美しい。そして不比等は鏡王女の子として皇族の血を引いている。後に不比等の娘、安宿媛《あすかべひめ》が光明皇后となり得たのも、このように不比等が皇族に繋がる系譜にあったゆえであろう。

「定恵の弟、史がですか？」

「定恵さまが帰国されたとき、史どのはまだ七歳でございました。したがって史どのは兄君から唐でのことを教えてもらうことは叶いませんでした。しかし史どのは定恵さまが唐からお持ち帰りになった書物を学ぶことが兄君のご遺志を継ぐことだと思われ、勉学に勤《いそ》しまれました。さまざまな経典、特に唯識論について、また漢籍についても学ばれました。史どのも定恵さま同様、学究の徒といえましょう」

この尼僧の話によって、友一郎が今まで抱いていた鎌足や不比等のイメージはすっかりと払拭された。全く意外だった。本当にそうなのだろうか。夢現《うつつ》の世界の中で、友一郎は狐につままれたような気がしていた。

「鎌足公がお亡くなりになるに際し、天智天皇はその枕元で『観音菩薩の後に従い、兜率《とそつ》陀天《だてん》の上に至る。日日夜夜、弥勒の妙説を聴き、朝朝暮暮、真如《しんによ》の法輪を転ぜん』という誄《しのびごと》を贈られ、その死を悼んでおられます」

尼僧は付け加えた。

「真如とは？」

「あるがままであるということです。真如の思想は、弥勒（マイトレーヤ）さまが創始され、無著《むじやく》（アサンガ）さまと世親《せしん》（ヴァスバンドゥ）さまが体系化なされた瑜伽行派《ゆがぎようは》の教えでございます。鎌足公がいかに、弥勒菩薩のいる兜率天に上生することを願っておられたか、そしてそこで真の修行を為したいと願われていたかが分かると存じます」

その言葉が重々しく響いてきた。鎌足は後世の人から評価されている以上に純粋な人だった……そうすると彼が目論んだ大化の改新とは、まさしく信念に基づく世直し……、鎌足は蘇我氏によって歪みかけた日本の進路を正した人ではなかったのか——友一郎にはそう思えてきた。

彼の心を見透かしたかのように尼僧は呟いた。

「鎌足公は本当に立派な方でした。定恵さまは可哀想な方でした……」

鎌足は天智天皇が即位した翌年、天智八年（六六九）、大織冠《だいしょくかん》内大臣として波乱の生涯を閉じた。

二　藤原不比等の忠告

友一郎は、しばらく眠っていた。いや、気を失っていたのかもしれない。

（ここはどこだ？）

友一郎は竹林の中にいた。周りを見渡したが、尼僧の姿は見えなかった。竹の隙間から日の光が差し込んでいる。涼やかな風が友一郎の頬をなでた。秋の風か……。

とりあえず、この竹藪の中から抜け出なければと一人で歩き出した。わずかに傾斜した竹林の中を当所《あてど》なく下っていった。

しばらく行くと、竹林の向こうに竹を組んだ垣根が見えた。垣根の中には邸がある。友一郎はそこを目指した。

門の前には衣冠姿の青年が立っていた。身分は相当高そうだ。近くに馬が繋がれ、開かれた戸の向こうでは、主《あるじ》とおぼしき人物が客人に挨拶をしている。友一郎は茂みの中に隠れ、二人の会話に聞き耳を立てた。

——やあ、史《ふひと》どの、今日はようこそ、この邸にお招きくださいました。

(フヒト？　あの藤原不比等のことか？)

友一郎は思った。

藤原朝臣史《ふじわらのあそんふひと》、後に「不比等」と改めるが、当時はまだ「史」と名乗っている。大津皇子より四歳年上である。大津は鎌足の妻鏡王女《かがみのおおきみ》がもといた山階陶原《やましなすえはら》の家を訪れた。鏡は史の母であり、かの有名な額田王《ぬかたのおおきみ》の姉でもある。まさに絢爛《けんらん》たる家系……。

大津皇子は、山科にある祖父天智天皇の墓に来ていた。ただ大津皇子の生前中には天智天皇の山科御陵は完成していない。工事の視察も兼ねて参拝に訪れたその帰り路、大津は不比等からの招きを受けて、山科の家に立ち寄ったのものである。

都ではいろいろと人目に付く。大津はゆっくりと、いずれ鎌足のあとを継ぐであろう四歳年上の不比等という前途有望な青年と話がしたかったので、喜んでその誘いを受けたのだった。

不比等は、飛鳥の都にはたまに顔を出す程度であった。したがって、大津とは面識はあってもゆっくりと話すような機会はなかった。挨拶程度の話をしたことはあるが、二人だけで話をするのは今日が初めてである。

――大津皇子、ようこそ。このような拙宅に遠路はるばるお来しいただきまして恐縮でございます。ご来訪、誠に光栄でございます。

天智朝の屋台骨を支えた鎌足が亡くなってから、すでに十四年もの歳月が過ぎている。月日の経つのは早い。鎌足が生きていた頃は、あれだけ人の出入りが多かった邸も近頃ははひっそりとしている。不比等はまだ無官であった。飛鳥の朝廷に仕えることをあえて拒み、山科の家に籠もり、ひたすら定恵が持ち帰った経典や中国の書を学んでいた。

不比等は二十五歳、妻の娼子《しょうこ》を亡くしてから幾許《いくばく》も経っていなかった。長男の武智麻呂は四歳になったばかり、次男の房前《ふささき》は三歳であった。三男の宇合《うまかい》はまだ生まれていない。娼子は近江朝の右大臣蘇我臣連子《むらじこ》の娘である。父が天智帝から最高位である大織冠と藤原姓を授けられ、したがって不比等は朝廷の申し子だったはずである。ただし、壬申の乱で近江の側が敗れなければの話であるが……。つまりこの時期、不比等はある意味、不遇であった。

不比等は田辺史大隈《たなべのふひとおおすみ》の山科の家で養育され、それをもって史（ふひと）と名づけられた。田辺史の本拠は、元は河内の飛鳥にあったが、近江遷都以降、山科に家を構えていた。不比等は田辺史の山科の家で養育されたこともあり、山科の地にいると自然と落ち着いた。田辺史の一族も、壬申の乱の折、田辺小隅《おすみ》が近江側の将軍として戦ったこともあって不遇のときを送っていた。田辺史は百済系の渡来氏族である。書生《しょしょう》を勤めた家柄でもあり、不比等が勉学するに当たって、また幼子《おさなご》の養育をするについて、田辺史の家が近いのはありがたかった。

——史どのとは、一度、ゆっくりとお話がしたいと、前々から思っておりました。

——皇子は今年から朝廷の政《まつりごと》に参加されました。私など一介の書生にすぎません。もったいないお言葉です。

——いやいや、史どのの勉学のことは都でもよく耳にします。私などは遊んでばかりで、少しは政治の勉強をしろと、父から厳しく叱られています。

大津はにこやかな笑顔を浮かべながら、控えめに挨拶をした。

——ご謙遜を。大津さまのお噂はこの山科まで届いております。さすが天武天皇の皇子、数ある皇子の中でも、大津さまが天皇の資質をもっとも受け継いでおられるというのが専《もっぱ》らの評判です。いや、お父上をも凌《しの》がれる天稟《てんぴん》かと……。

——畏れ多いことです。これからの政治は皇太子《ひつぎのみこ》が執り行っていかれます。私には朝政《まつりごと》は窮屈で荷が重い。狩りや宴に、また詩歌に、気楽に振る舞えるのはありがたいことです。恥ずかしい話ですが、女人《にょにん》と戯れるのも愉快ですし……。

大津は笑顔を浮かべていた。どこまで本音なのだろうかと疑いたくなる。苦労人でもある不比等は、大津の言葉に少しばかり苦々しい思いがするのを禁じ得なかった。

政界のエリートとも目されていた不比等であったが、鎌足亡き後、しかも壬申の乱を経た今は、それを保証する強い後ろ盾はなかった。不比等もそれを心得ていた。時を見定めていた。それまでは身を潜め、己を磨くことに専念していたのだった。

(大津さま、石川郎女とのお噂を耳にしますが……)

「女人と戯れる……」との大津の冗談に、不比等は喉元まで出かかったが、要らぬ警戒心を持たれるだけだと思い、口に出すことを控えた。

——皇子、失礼ですがそれは違うと存じます。天皇が「始めて朝政《まつりごと》を聴《きこ》しめす」と申されたのは、皇子の才能に期待されているからに他なりません。皇子のお噂はよく耳にします。皆が皇子に期待しております。私には皇子が心にもないことを申されているようにしか聞こえません。

大津は、昨年の天武十二年（六八三）二月に朝政に参加することが認められていた。大津二十一歳のときのことだった。

――史どの、そのことはもうよいではありませんか。それを言われるが正直、うっとうしい。皆がそう言います。聞き飽きました。今日は史どのの話が聞きたい。史どのは兄上の定恵《じょうえ》どのから、唐の話、玄奘《げんじょう》さまの天竺《てんじく》の旅の話をいろいろと聞いておられるのでしょう。私はその話を前々から聞きたいと願っておりました。それに史どのの漢詩の腕前は都でも評判です。私も少しは嗜みますが、まだまだ稚拙で恥ずかしい限りです。是非、手ほどきしていただきたい。兄上は唐から漢籍の書も多く持ち帰られたのでしょう。ぜひ拝見させてください。

大津は不比等の邸で二人きりで会えることを楽しみにしていた。どこか不比等に憧れを抱いていた。壱伎博徳《いきのはかとこ》からも不比等の兄定恵の留学のことはよく聞いている。

――畏れ多いことでございます。兄が帰国したとき、私はまだ七歳でございました。その上、兄は帰国してわずか三ヶ月後に亡くなってしまいましたから、ゆっくりと話をすることもできませんでした。残念ですが、兄との思い出はほとんどないのです……。

――そうですか。我が国は、本当に惜しい人を亡くしてしまいました。お父上といい、兄上といい、藤原の家系には立派な方がおられる。本当に聡明な家系だ。きっと史どののもその素晴らしい血を受け継いでおられることでしょう。

——もったいのうございます。皇子、立ち話もなんですから、どうぞ邸の中にお入りください。

——いやあ、今日はいい天気だ。こうして竹林を見ながら秋の風を感じていると、いい詩ができそうだ。史どの、庭で一献《いっこん》いただきながら、互いに詩でも競い合おうではありませんか。都では味わえない静けさです。うっとうしい政《まつりごと》もない。風にざわめく竹の音に秋の静けさを感じます。こんな気分は久しぶりだ。

大津皇子が伸びをしながら、空を仰いでいる。気持ちがよさそうだ。

——都を離れた山里、静かなのはいつものことですが、こうして皇子と話していると、いつもの景色や風や日の光までもが詩の世界のように感じられます。まあ、立ち話はそれぐらいにして、まずはご一献——。

——かたじけない。さあ、史どのもどうぞ。

大津皇子と、まだ若き頃の不比等とが互いに酒を酌《く》み交わしている。詩歌のこと、仏教のこと、二人は時が経つのを忘れて語り合った。

——ところで、皇子は新羅の僧行心どのと親しくしておられるようですが……。

唐突に不比等が切り出してきた。行心のことについてはいろいろ耳にしている。大津は思わず身構えた。

――たしかに行心どのとは親しくしておりますが……。

大津は、不比等が何を言おうとしているのか訝《いぶか》しく思いながらその真意を窺った。

――兄の定恵は、帰国後、百済の者に毒殺されました。父鎌足は百済が新羅と唐に攻められたとき、幾万もの百済救援の兵を朝鮮に送りました。にもかかわらず、なにゆえ兄は百済の者に殺されねばならなかったのでしょうか……。

不比等の顔が悔しさで歪んでいた。

藤原氏の家伝である『藤氏家伝』の「定恵伝」には、「百済の士人、窃《ひそ》かに其の能を妬み、之を毒す」とある。唐から帰朝した年の暮れの十二月二十三日に二十三歳の若さで亡くなったことが記されている。定恵の死は百済人による毒殺であったというのだ。

不比等は話を続けた。彼の話は外交に及ぼうとしていた。

――救援の甲斐なく百済は滅びました。続いて高句麗も滅びました。新羅は念願の朝鮮半島の統一を果たしましたが、今度は唐のことが怖くなりました。それでわが国と手を結びたいのです。天武天皇はそれに理解を示しておられます。おそらく皇子も同じ考えでありましょう。しかし故国を失い、日本に逃げてきた百済人の恨みは、我々が思う以上に烈しいものがあります。私は皇子の身の上を案じております。兄の二の舞を踏んではならないのです。

百済人と新羅人の確執は、海を渡った日本の地においても凄まじいものがあった。特に百済側の新羅に対する恨みは深く、復讐心を煮えたぎらせていた。

——では、定恵どのは百済の犠牲になったと申されるのですか？

大津は意外そうな顔をした。

不比等は思うところがあるのか、大津に訴えかけるように話した。

——なぜですか、この理不尽な仕打ちは……。父はあれだけ百済救援に力を注いだのに……。

不比等は怒りをこらえているようだった。

——お祭し申し上げます。日本も白村江の戦いでは大きな犠牲を出しました。なにゆえ、その恩のある鎌足どのの子に嫉妬し、恨みに思うようなことがあるのですか、私には理解できません。

大津は慰めるように言った。

——百済を滅ぼしたのは新羅だけではありません。唐もぐるになっての仕業です。その憎き唐に、中臣は、いや今は藤原ですが、定恵と安達《あんだち》を送った。一部の百済人は、これを藤原の裏切りだと考えたのかもしれません。もしそうだとすれば馬鹿げたことですが……。

——百済、高句麗《こうくり》が滅んでから随分と日が経ちました。壬申の大乱からも日が経った。

いつまでも昔のことでいがみ合っていても仕方がない。日本の将来を考えていくべきでしょう。

大津が言っているのは建前だ――不比等は大津にもどかしさを覚えた。

――皇子、ここは二人だけです。私は皇子の本心が聞きたい。皇子は百済のことをどう思われているのですか？

不比等が大津の目を見据え、強い口調で言った。

――史どの、難しいことを申される……。正直、何が己自身の本心か、分かりかねています。

――皇子、またしても誤魔化される。皇子、ご忠告申し上げます。あなたの身は危うい。あなたは気づいておられないかもしれないが、わが中臣の一族、藤原、中臣、そして卜部《うらべ》など、国中の神に仕える者どもから、ありとあらゆる情報が集まってまいります。あえて申しましょう。闇の世界の声も聞こえてまいります。闇の力を侮ってはなりません。しかも闇の力は一つではありません。それらが競い合って邪とする者を消し去ります。人を殺めることを術《すべ》とする集団です。皇子を陥れるような策謀を仕掛けるかもしれません。

――津守《つもり》か……？

――津守連通《つもりのむらじとおる》などは所詮、表の世界の人間です。ただ行心どのは新羅国王に通じています。少なくとも百済の者たちはそう考えています。滅んだはずの百済の中には、名もなき輩《やから》を操る闇の者も存在するということをお忘れなきように……。私は皇子の身を案じているのです。ぜひ皇子の本心をお聞かせください。

大津は戸惑っていた。ふと高市皇子の言葉が思い出された。

――大津、ようすがおかしいぞ。何かあったのか？　最近のそなたを見ていると心配だ。

高市は滅多に大津に声をかけることはない。兄ではあるが序列は大津より下だ。本人は割り切っているようにみえても、本音のところは分からない。大津の方としても素直になれないところがある。だから二人は打ち解けることが少ない。そんな高市が大津のことを心配して声をかけるのは珍しいことだった。

――大津、石川郎女とのことは耳にしている。そのことについてとやかくは言わぬ。ただこれだけは心得ておけ。周囲の者がそなたと草壁の件であれこれと噂していることを。これは天皇の政《まつりごと》にとって弊害となる。朝廷のことを快く思わない者もいる。そちらの不和軋轢《ふわあつれき》は良からぬ結果を招くおそれがある。

煙たいが一目置く兄からの忠告は、大津の身に沁みた。反論したいこともあったが控えた。今、大津はその兄の言葉を反芻《はんすう》していた。

大津が何も答えようとしないため、不比等が重ねて返答を求めてきた。

――皇子、本心では天皇になることを望まれているのでは……。

――馬鹿なことを……。

――馬鹿なことではありません。

――望もうとも望まなくとも、できぬことはできぬのです。一歩誤れば、兄弟で皇統を争った壬申の大乱の再発を招くではありませんか！

大津の声がひと際大きく、不比等の邸に響いた。

三　百済・新羅の確執と怨念

斉明六年（六六〇）、十三万もの唐の援軍を得た新羅軍は、百済の都を陥落させた。百済王義慈《ぎじ》や太子隆《りゅう》ら王の一族は捕らえられて唐に連行され、七月、百済は潰《つい》え去った。それでも百済の遺臣鬼室福信《きしつふくしん》は百済の遺民をまとめて挙兵し、戦いを続けた。十月、福信は人質として日本に来ている百済の王子・豊璋《ほうしょう》を朝鮮に戻すことを求めてきた。これを受けて、中大兄皇子と斉明天皇は百済を救援することを決定した。

翌斉明七年正月六日、齢《よわい》六十八歳となった老帝斉明、中大兄皇子、大海人皇子らを乗せた軍船が九州に向けて出航した。

船が吉備の大伯の海（岡山県邑久《おく》の沖）にさしかかったとき、大田皇女が女子を産んだ。大伯の海に因んで大伯と名付けられた。船が四国の熟田津《にぎたつ》（松山市）にさしかかったとき、額田王《ぬかたのおおきみ》が「熟田津に船乗りせむと月待てば潮もかなひぬ漕ぎ出でな」と詠んだのは有名な話である。

天智元年（六六二）、船は博多の娜《な》の大津に着いた。鸕野讃良皇女《うののさららのひめみこ》が草壁皇子を産んだ。そして長い船旅の疲れか、老帝斉明が薨去《こうきょ》した。天皇の亡骸《なきがら》は飛鳥の都に運ばれた。この翌年、大田皇女が男子を産んだ。娜の大津で誕生したことから、その皇子には大津という名が付けられた。思えばこの物語は、この遠征によってその火蓋《ひぶた》が切られたというべきか……。

五月、阿曇連比邏夫《あずみのむらじひらふ》を将とする先発部隊が朝鮮に向けて派遣された。百済遺民の希望の光である百済王子豊璋も故国再興を期し、朝鮮へと旅立った。

翌天智二年三月、中大兄皇子は二万七千の大軍と百七十隻の軍船を朝鮮に送り込んだ。先の派遣軍とあわせると、日本からの派遣軍は三万二千にもなった。起死回生の大部隊に日本・百済連合軍の気勢は大いに上がった。こうして八月、百済再興をかけた、唐・新羅との運命の戦いが開始された。世にいう白村江《はくすきのえ》の戦いである。

戦闘は熾烈を極めた。

『旧唐書《くとうじょ》』によると、日本の軍船四百が焚かれて海が真っ赤に染まったと記され、

『日本書紀』には「水に赴きて溺死する者衆《おお》し」と書かれている。追い詰められた百済の女官三千人が白馬江《ペンマガン》に身投げするという痛ましい事件も起きた。

豊璋は高句麗に逃れ、豊璋の子忠勝《ちゅうしょう》と忠志《ちゅうし》は降伏した。

こうして日本・百済連合軍は唐・新羅連合軍の圧倒的な戦力の前に無惨にも敗れ去った。百済再興の望みは儚くも潰えた。命運尽きた百済からは、王族、高級官僚から農民に至るまで、夥《おびただ》しい数の民が日本に逃れてきた。さながらユダヤの民のごとくに……。

その日本には百済王子善光《ぜんこう》がまだ残っていた。ちなみに持統天皇は後日、この善光に「百《く》済王《だらのこにきし》」という姓《かばね》を与えている。ここに善光を祖とする百済王氏の家系が始まる。やはり蘇我氏の血を引く持統は天武よりも親百済であったのか……。

――皇子は百済と新羅、どちらを選択なされますか？

不比等が尋ねた。

――百済は滅んでいるではありませんか。

今さらながら何を訊くのだ、と言わんばかりに大津は答えた。

――滅んではおりませぬ。

不比等は即座に述べた。毅然とした声だった。

——何を言いたいのですか？

大津は不機嫌そうに問い返した。

——天智帝は白村江の敗戦の後、何千人もの百済の民を、近江に住まわされました。しかも都を近江に遷されました。百済を助けるために何万人もの軍を朝鮮に派遣されたわけですから、百済人にとっては大恩人です。当然ながらその子、大友皇子に対しても大きなご恩を感じておりました。それを天武天皇は出家すると偽って吉野に逃げ、逆に百済人が望みを託した大友皇子が討たれてしまった……。そしてその逃亡を手助けしたのは蘇我安麻呂、つまり我が妻娼子の兄です。なぜか義兄安麻呂も妻娼子も若くして命を落としてしまいました。

不比等のいうことは、曰くありげで不気味なものだった。

蘇我安麻呂は大津に大名児を引き合わせた人物だ。大名児のことを思い出しながら、彼女との別離に不比等の影を感じていた。

——ということは、それを恨みに思った百済の者の手によって、あなたの義兄や妻が暗殺されたとお思いなのですか？

——分かりません。思い過ごしかもしれません。ですが唐や新羅に近いということは、百済の手の者から狙われる危険も高いということを覚悟せねばなりません。

——父天武も私も新羅寄りであるため、危ないと申されるのですね。

大津はしばらく不比等の胸中を忖度《そんたく》していたが、徐々に不愉快になっていった。

——天智帝が百済寄りで天武帝が新羅寄りだ、と単純に決めつけられないことは十分に心得ています。しかし近江の側が負けてしまえば、近江に残された百済の民の希望の火は消え失せてしまいます。

近江の朝廷には、百済から渡来した余自信《よじしん》・沙宅紹明《さたくしょうみょう》・鬼室集斯《きしつしゅうし》・谷那晋首《こくなしんしゅ》・木素《もくそ》貴子《きし》・憶礼福留《おくらいふくる》・塔本春初《とうほんしゅんそ》・鬼室集信《きしつしゅうしん》ら多数の官僚や知識人がいた。『懐風藻』を見ると、この中の沙宅紹明・塔本春初・木素貴子が学士として、大友皇子の招待を受ける賓客であったことが分かる。この他にも百済の学士として吉大尚《きったいしょう》・許率母《きょそつも》の名も見える。また唐からの攻撃を防ぐため、長門の築城には塔本春初が、筑紫の大野・緑両城の築城には憶礼福留が指導している。彼ら以外にも、故国百済を失った多数の亡国の民が日本にいた。その亡命百済人が一縷の望みを託した近江の朝廷が天武により敗れ去った。

——天武天皇は百済から亡命してきた者を遠ざけられました。

——そうでしょうか。天武帝も百済から逃れたきた方たちを諸蕃《となりのくにぐに》の賓客として大切にしておられた。決して新羅ばかりに偏っておられたのではないと思いますが……。

大津は、不比等の言いようにますます不満を覚えた。

――それは分かっております。私も天皇の政策は仕方のないことだと思っています。

――ならば、それでよいではありませんか。

大津はぞんざいな口調になっていた。

――天武帝は遣新羅使を遣わされ、たくさんの僧が新羅から来ました。その点は聖徳太子と似ておられます。

――たしかに太子は新羅を大切にされました。だからといって百済を軽視されたわけではないでしょう。第一、蘇我馬子と太子は仏教の導入においては盟友だったではありませんか。太子はどちらの文化も取り入れようとされたに過ぎないと思いますが……。

大津が反論した。

――皇子のおっしゃる通りでしょう。問題は正しいとか正しくないといったことではありません。百済の者たちがどのように思っているか、百済の中でも一部の狂信者ともいうべき輩がどう思っているのかということです。

不比等の言葉に大津は不快な顔をして黙り込んだ。それを見て不比等は諭《さと》すように言った。

――繰り返しますが、天武帝は遣新羅使の件など新羅との関係を強められています。このことは賢明なことだと思います。問題は百済への配慮です。

白村江の敗戦により、唐の力、外交の必要性を痛感した天武は、国内にいる百済からの新帰化人をあまり重視してこなかった。その点、天智とは格段の差があった。

――やむなきこと……。私も父の考えに同調しているのですが――。

――存じております。皇子が新羅への遣使を具申されたことも……。皇子はご存知ですか、蘇我入鹿が、なにゆえ山背大兄王《やましろのおおえのおう》など上宮王家の方々を抹殺したのかを。いくら権勢を誇る蘇我氏とはいえ尋常ではないと思われませんか……。

――蘇我氏の血を引く古人大兄皇子《ふるひとのおおえのみこ》を天皇にしたかったからでしょう。

聖徳太子を祖とする上宮王家滅亡後、田村皇子が舒明天皇として即位した。その舒明と蘇我馬子の娘法提郎女《ほてぃのいらつめ》との間に生まれたのが古人大兄皇子である。

――それならば、山背大兄王の母も蘇我馬子の娘刀耳古郎女《とじこのいらつめ》でございます。古人大兄皇子も山背大兄王も、ともに蘇我氏の血を引いておられます。

――それはそうだが……。

――聖徳太子は親新羅政策をとられました、というより周囲にそういう印象を与えました。新羅系の帰化人である秦造河勝《はたのみやつこかわかつ》を重用され、百済人の反感を買ったと噂されています。推古十八年（六一〇）には河勝は新羅史の導者となり小墾田宮《おはりだのみや》に案内しております。新羅との外交政策を巡って太子と蘇我氏が対立していましたから、そういったことが目立ってしまうのです。陰で蘇我が太子のことを罵《ののし》っていたのを聞いた者もおるようでございます。蘇我は元《もと》はといえば、百済の出ですし、百済からの帰化人・漢《あや》氏とも近い……。馬子以来、百済仏教を導入することにかけては熱心で、勢い余って争乱を起こすほどでしたから……。

推古八年（六〇〇）、任那《みまな》を救うため、蘇我馬子の弟摩理勢《まりせ》を大将軍として新羅征伐軍が派遣され、新羅を討《う》った。二年後、再び新羅討伐の軍が派遣されることになり、太子の弟来目《くめの》皇子《みこ》が新羅征討将軍に任命されたものの筑紫で病死してしまった。それで聖徳太子はやはり弟の当麻皇子《たいまのみこ》を大将軍にした。しかし当麻皇子は、妻の舎人皇女《とねりのひめみこ》が急死したため都に引き上げた。おそらくは、大将軍たる者、妻が亡くなったぐらいで遠征を中止するなどもってのほか、と蘇我は不満に思ったことであろう。

太子が亡くなった直後、またしても新羅再征の話がもちあがる。業を煮やした蘇我氏の意向が強く働いたものだった。

このように対新羅政策について、太子と蘇我氏との間での烈《はげ》しい駆け引きがあった。それが、上宮王家抹殺の遠因だったのではないかと勘ぐりたくなるのである。

――新羅は太子が亡くなられた直後に弔問使を送り、弥勒仏《みろくぶつ》や金の塔、舎利などを献上し、太子ゆかりの山城の蜂岡寺《はちおかでら》（広隆寺）や摂津の四天王寺に納めています。新羅は太子に深い弔意を示しています。それだけ太子の死に大きな衝撃を受けたのです。

——なるほど……。

大津は不比等の洞察に空恐ろしさを感じていた。

——これは確かめようもなきことですが、上宮王家滅亡の背景には聖徳太子と蘇我との対立だけではなく、新羅と百済との対立が背後にあったのではないかと考えています。百済の者と新羅の者とが事あるたびに張り合っております。これを何とか懐柔せねば世の中が落ちつきません。政《まつりごと》が乱れます……。

不比等の政治と外交への思いは、このあたりに重点があるようだ。大津は視点を変えて不比等の反応をみることにした。

——史どの、なぜか私は新羅の弥勒仏に惹かれます。新羅から贈られた蜂岡寺の弥勒菩薩を最初拝見したとき、あれほど心の静寂を感じたことはありませんでした……。中宮寺で拝見した弥勒さまもそうです。実に蜂岡寺の弥勒仏とよく似ている。あの半跏思惟《はんかしい》のお姿を見ると心が洗われるようです。人の世の醜い争いごとなど、愚かしく思えてきます。百済も大事ですが、もっと新羅にも目を向けるべきだと思います。史どのはいかがお考えですか。史どのはどうしても百済と新羅を峻別されるのですか?

百済仏教ばかりがもてはやされるが、新羅仏教、特に弥勒仏の魅力を皆は知らない——大津の言葉に力が入った。しかし不比等は冷静だった。

——昔、仏教を導入することについて蘇我と物部が争い、我が中臣も反対しました。あのときは中臣もずいぶんと痛い目にあったものです。中臣も頭を打ち、神道だけでなく、仏教の必要性を痛感いたしました。あの一件を教訓に、父鎌足は中臣は神仏双方を守護する氏となることを決意したようです。神仏いずれも我が国の政《まつりごと》を行っていく上において要《かなめ》になると……。特に仏教は唐や朝鮮との外交において不可欠な柱となる——父はそう申しておりました。

——なるほど、さすが鎌足公です。

——それゆえ父は危険を顧みず、兄の定恵や一族の安達を僧として唐に遣わしたのです。

大津は改めて鎌足の偉大さを感じた。同時に、中臣氏のしたたかさに薄気味悪さを覚えていた。

——皇子は新羅の弥勒のことを申されますが、兄定恵が唐より持ち帰ったものこそ、玄奘さまが憧れた弥勒浄土の思想です。それを聞き、父の鎌足は兜卒天《とそつてん》に往生することを願うようになりました。そして五十六億七千万年後に弥勒菩薩が如来となってこの世に下生《げしょう》されるとき、自らも再生できるのだと信じていました。

——弥勒への思いは、大化の改新にも影響しているのですか？

大津が尋ねた。

――そのとき、父はまだ弥勒のことを詳しくは知りません。父が弥勒を希《こいねが》うようになったのは兄定恵が帰国してからです。乙巳《いっし》の変は弥勒とは関わりなく、国家を憂えればこその義挙でした。しかし蘇我はそうではありません。太子が新羅を大切にされたことをしつこく恨んでおりました。

――やはり山背大兄王らが入鹿に滅ぼされたのはそのためですか?

――さきほど申し上げた通りです。

――そもそも仏とは何なのでしょう。信ずる仏が異なることが争いの因《もと》となり、人と人が殺し合うというのでは、仏教を取り入れた意味がないではありませんか。

大津は力を込めて言った。

――皇子、太子は蘇我氏の百済一辺倒の外交政策を抑制しようと思われたにすぎません。その太子の軍事力を支えたのは新羅系の秦氏です。物部との戦いにおいても秦河勝は、軍《いくさの》政《まつりごと》人《ひと》として軍を率いて太子を守りました。それに対して、蘇我を陰で支えたのは百済系の漢氏《あや》です。蘇我氏や漢氏が恐ろしいのは、例えば崇峻《すしゅん》天皇を弑逆《しぎゃく》したことです。実際に手を下したのは蘇我氏の傭兵隊長たる東漢《やまとのあや》氏の駒《こま》ですし、乙巳《いっし》の変では漢直《あやのあたえ》一族は蘇我蝦夷の邸宅で共に戦おうとしています。決して彼らを侮ってはいけません――。

大津は不比等に圧倒され、言葉を挟むどころか、相づちを打つ気力さえもなくしていた。

そんな大津を一喝するかのごとく、不比等が大きな声で言った。

——皇子、太子の一族は滅んではおりません！

——なんと……。

不比等のひと言に、大津は声が詰まった。

——太子の弟、当麻皇子の子孫が当麻氏として生き延びております。當麻寺《たいまでら》を建て、今も弥勒を拝んでおります。蘇我氏を怖れて、そのことにふれようとはしませんが……。

——当麻皇子とは麻呂子親王のこと、その麻呂子親王《まろこしんのう》が河内の山田郷にあった万法蔵院《まんぼうぞういん》を二上山《ふたかみやま》の麓、當麻の里に移し、當麻寺と改められた……たしかそうでしたね。

——そうです。それゆえ、わが藤原は当麻氏を敬っております。

——そうすると当麻氏こそ蘇我に恨みをもつ一族ということですか？　ならば藤原氏はどういう立場なのですか？

——兄定恵は百済に殺されました……。私の妻娼子と義兄である蘇我安麻呂のことは先ほど申し上げた通りです。

——よく考えれば、そなたの妻と皇后の母君、越智娘《おちのいらつめ》とは従姉妹《いとこ》になるわけだ……。

——皇子、それを申せば今の世は皆が一族となってしまいます。母が違えば兄妹《きょうだい》でも結ばれる世、従姉妹の子などというもの、関係がないのも同然……。それより皇子、皇子も早く妃《きさき》を娶られることが肝要かと——。妃の一族によって皇子や皇子の子の将来が左右されますゆえ……。

——今はその気になりません。

——やはり石川郎女のことが気に懸かるのですか？

——どうしてそれを……。

大津は驚いた。河島皇子以外誰も知らないはずなのに……。

——皇子、石川郎女は皇太子《ひつぎのみこ》の寵愛を受けています。それも皇后が当てがわれたようなもの。あの女と深入りすることは皇子にとって危険です。一歩間違えば身を滅ぼしかねません。

（やはり……）

大津は安麻呂のことを思い返していた。不比等の忠告には答えず、渋い顔をしていた。

二人の間に気まずい沈黙のときが流れた。

しばらくして、不比等の方が先に口を開いた。

——先ほどの件ですが、わが藤原・中臣は百済でも新羅でもありません。案じるのは日本の行く末のことでございます。白村江の戦いのこともしかと紐解き、その上でこれからの百済、新羅それに唐との関係を考えていかねばなりません。

不比等はこれから話す物語の前置きをした。

――そもそも唐帝が百済に対して攻撃したのは、新羅への攻撃をやめろと、二度にわたって出した詔勅を百済が無視したためです。唐の本心は百済を滅ぼすことにあったのではありません。百済は滅亡しましたが、唐としては、唐に従順な百済を再建し、新羅に対する牽制にするつもりでした。そのため唐はもと百済があった地に駐屯し、百済王子であった隆《りゅう》を都督に任命しています。ところが新羅は百済の遺民を自国に移住させてしまいました。さらに新羅はかつての百済の城を攻略し、その残兵二千人を斬り殺しました。この新羅の行き過ぎた攻撃に対し、また百済の遺民を助けるため唐は軍を出したのです。ところが唐軍は惨敗し、五千三百人もの兵が斬られました。新羅の恩知らずな行為に怒った唐は、四万の兵をもって新羅を攻めました。

不比等は百済滅亡後の朝鮮半島の状況、新羅と百済遺民との攻防について熱弁をふるった。

天智天皇十年（六七一）六月、滅んだはずの百済から台《だい》久《く》用善《ようぜん》らが派遣されてきた。『日本書紀』には、「百済三部の使人《つかひ》に請う所の軍事《いくさのこと》を宣《の》ぶ」と記されている。旧百済からの使者が日本へ新羅討伐の要請を求めたのに対し、日本側が無理である旨を伝えた。このように百済人たちは、まだ故国再建の希望を捨ててはいなかった。

一方、唐の助けを得て朝鮮を統一したはずの新羅はその唐と争っていた。そのため新羅は日本の助けを欲していた。次第に朝廷は新羅との交流を深めていった。亡命百済人らは失望し、新羅を憎んだ。百済・新羅の確執や怨念が渦巻くなか、その舞台裏では正体不明の勢力が虎視眈々《こしたんたん》と蠢《うごめ》いている、と不比等は語った。

——百済の者たち、余自信《よじしん》・沙宅紹明《さたくしようみよう》らではなく、その二世たちが熱《いき》り立っているのです。若者はあと先を考えずに行動します。天武帝は天智帝に比べ、親新羅政策をとっていると彼らはみています。皇子も父君に近いとみられています。彼らは皇子が天皇になると百済再興の望みが絶たれると考えているのです。ですから大津皇子の即位は絶対に阻止せねばならぬと……。

不比等のいわれなき決めつけに、大津は強い不快感を覚えた。

（あり得ぬことだ。……白村江の出兵とあまりに多かった日本兵の死傷……唐からの攻撃を怖れて大宰府を補強し、都を防衛するために高安城も築いた。讃岐にも対馬にも城を築いた。近江へも遷都した。そのために民は徴用され、租の負担も耐え難いものになった。新羅からの帰化人たちは故国新羅と戦うという皮肉な羽目に陥った。それらの不満は壬申の乱において天武に味方する形で現れたではないか。民は疲弊し、すべては百済支援の結果ではないかと怒っている。だからといって俺は百済を敵視しているわけでも、新羅に偏っているわけでもない。史よ、そなたの見方は一方的ではないか）

大津はそう言い返したかった。しかしあまり口論はしたくなかったので、反論することを自重した。ただ、少しばかり不比等に釘を刺そうと思い、

——しかし壬申の乱では、文直成覚《ふみのあたいじょうかく》に智徳《ちとこ》、大蔵直広隅《おおくらのあたいひろすみ》、谷直根麻呂《たにのあたいねまろ》、蚊屋直木間《かやのあたいこのま》、高田首新家《たかだのおびとにいのみ》などの漢氏の者たちも父に味方していたではありませんか。

と、史の論に対して疑問を投げかけた。

漢氏は百済系帰化人を代表する氏族である。漢氏一族には、百済王が祖であると称しているものも多く、その枝族には川原民《かわはらのたみ》・谷・内蔵《くら》・山口・池辺・文《ふみ》・蔵垣・荒田・蚊屋《かや》などがいる。また阿知使主《あちのおみ》の子 東漢直掬《やまとのあやのあたいつか》から分かれた東漢氏と、王仁《あに》を祖とする西文《かわちのふみ》（西漢《かわちのあや》）氏の二つの系統がある。大津は、その百済系氏族が天武に味方したではないかと、不比等の矛盾を突いたつもりだった。

ところが、不比等は動じるようすもなく、

——彼らのほとんどは応神天皇や雄略天皇の古き世に帰化した者たちです。彼らは今さら百済再興など期待してはいません。私は百済滅亡後に帰化した百済人のことを危惧しているのです。それに鸕野讃良《うののさらら》皇后は幼き頃、河内讃良《さらら》郡菀渟《うぬ》郷で育てられました。この辺りは西

文氏が勢力をもつ地域です。しかも皇后が育った讃良郡は西文氏から別れた武生《たけふ》氏が居住するところです。皇后は、漢氏と心情的にも深い関係にあるのです。彼らは亡命百済人とは一線を画していますが、だからといって決して親新羅ではありません。壬申の乱では、旧百済人すべてが近江朝だというわけにはいかなかったのです。第一、彼らは百済ではなく、伽耶《かや》から来た者たちだという者もおります。そのようなことは私が言うまでもなく、皇子ならご存知のことでしょう……。

と皮肉っぽく言い返した。不比等は大津の思いを無視してさらに話を続けた。

――草壁皇子の師は義淵《ぎえん》です。義淵法師の俗姓は市往《いちゆき》氏で、市往氏は百済からの渡来氏族であり、自分たちの祖は聖明王だと称しております。もしそうだとすれば義淵法師は、新羅と戦った百済の義臣、鬼室福信に繋がります。それに対して大津皇子、あなたは新羅の僧行心さまと親しく交際されています……。それは新羅により故国を追われた百済の者たちにとっては、決して心よいことではないと思われます。

不比等が平然と言った。

新羅王に通じる僧行心、そして百済の聖明王の後裔とされる義淵、普段そのような目で彼らを見ていない大津は戸惑うばかりだった。世間知らずの己の不明を恥じるべきなのか、目の前の男の話を放言として無視すべきなのか迷っていた。大津の脳裏にどす黒く濁ったものがゆっくりと、そして妖しく沈殿していった。

――そんな……。行心どのは勉学の師に過ぎぬ。新羅とか百済とか、行心どのとは関わりなきことではないか。

みるみるうちに大津の顔が険しくなっていった。それを押さえつけるかように不比等の声が大きくなった。

――新羅が百済を併合したのが六七二年六月、ちょうど壬申の大乱の年のことです。この年、大海人皇子が挙兵され、勝利されました。百済から逃げのびてきた遺民たちは近江の朝廷に期待していました。ところが近江の朝廷は敗れ、そして親新羅と噂される天武朝が始まったのです。この事実を軽視することはできないのです、皇子っ！

――そんな……今さら百済の再建など不可能ではないか。できもせぬことのために、我と草壁との間に何か事を起こそうというのか。

――彼らは、まずは大宰府から郭務悰《かくむそう》の勢力を駆逐したいのです。唐の息のかかった彼らを追い払い、いずれは大宰府の近くに百済の亡命府を置きたいと考えているようです。百済遺民を中心とした兵と大宰府の防人《さきもり》をもって日本を守りつつ、半島へ反撃する機会を窺おうという考えです。しかし天武帝も大津皇子も新羅とも唐ともつきあっていこうというお考え……、百済の者たちにとってはやりにくいお方でございます。

唐の百済鎮将（百済占領軍司令官）劉仁願《りゅうじんき》は、白村江の戦後処理や外交交渉のための使節として郭務悰を日本に派遣した。彼の来日は天智三年（六六四）、四年、八年、十一年の四回にも及んだ。しかも彼は二千もの随行を伴い、大宰府に長期間駐屯し、そこを拠点に活動した。二千人もの随行者の中心は交渉のための官人であったが、唐の兵や間諜も数多く紛れ込んでいた。彼らの一部は郭務悰の帰国後も大宰府に居座り、また一部は唐に帰国することなく姿をくらました。唐羅《とうら》の間諜、つまり秘密工作員となって天智朝を撹乱した。近江宮に放火したのも、大海人皇子が短期間の内に兵力を整え、壬申の乱に勝利できたのも、その裏には彼らの存在があったのではないかと密かに噂されていた。

——何を根拠に……。勝手なことを。第一、郭務悰はそなたの父とも会っていたではないか。大友皇子のことを高く評価していたではないか。彼と近江朝との間で円満な交渉ができたからこそ、我が国は唐からの攻撃を回避することができた。百済遺民が郭務悰を排除しようとする理由がない。

不比等の論に大津はむっとした。ただ大津は郭務悰の、彼らの闇の動きのことまでは知らされていなかったから、衝撃を受けたことは事実であった。

——失礼ながら皇子は甘い。朝廷がそれを認めないときは、彼らは筑紫国 造《つくしのくにのみやつこ》磐井《いわい》の残党など筑紫の一派と組もうとしております。薩摩の隼人なども頼りにしているようです。彼らは朝廷に反旗を翻すことなど厭わない輩《やから》です。唐羅の者を大宰府から一掃しない限り、百済の再建はないと悲痛な思いでいるのです。邪魔する者は消すと……。

顔をしかめている大津とは対照的に、不比等は平然と言った。

——なんと……、で、飛鳥の朝廷はそのことを存じているのか？

——百済の遺民に壬申の乱で敗れた近江側の一派も荷担しているようです。しかし朝廷は、その動きをまだ十分に把握できてはいません。

——中臣・藤原は近江派だとばかり思っていた……。ところが定恵どのは百済に殺されたという。そなたの妻も、その兄安麻呂どのの死にもその疑いがあるという。中臣はいったいどちらなのですか？

大津は苛立ったようすで不比等に問い質《ただ》した。

——我が中臣一族は古来より天皇家のために侍《はべ》り、天皇家の繁栄のために皇祖神との中を取り持つ氏族です。それゆえ〝中臣〟という姓をいただいております。一族が被ったことで、歩むべき道を惑うようなことはありません。

不比等はきっぱりと言った。

——それは分かった。だからどうだと言うのだ。

要領を得ない大津は、より具体的な答えを不比等に求めた。ところが彼の返答はまったく予想外のものだった。

――郭務悰の二回目の来日のとき、私の兄定恵は彼らの船で唐から帰国しました。父鎌足の影響で百済一辺倒だとばかり思っていた不比等が、いや中臣がそこまで唐と関係をもっていたことを知って大津は驚いた。不比等の話は矛盾している。裏で誰がどの国と結びついているのかわけが分からなくなって狼狽していた。

――皇子、この際だから申し上げます。私はまもなく都に戻ります。皇后さまより早く出仕せよとの命を受けました。皇太子を支えよとのことでございます。

大津は言葉を失った。この底知れぬ男が飛鳥でどのような役回りをするのか、大津は不安を覚えた。妙な胸騒ぎがした。

（噂どおり大津皇子は優秀だ。外交においても自分なりの考えをお持ちだが、まだまだ世間のことも朝鮮の内情についてもあまり存じておられない……。父は百済再興を願っておられた。今は叶わぬが、いずれ時をみてと申された。俺がこれから世に出て仕えていくべきは大津なのか、それとも草壁なのか……）

友一郎の耳に、そんな不比等の心の動きが独り言のように聞こえてきた。空耳のようにも思えるほど微かな心の声だった。

四　河島の変節

（ああ、大津さまの文をどこへやったのでしょう。大切な文……）

（隠し事はもういや。偽りを言うことがあんなに辛いとは……）

嘘をついて宮廷を辞した石川郎女は、いったん自宅に戻った。家人の手前、とりあえず床に入って病のふりをした。家人は心配して水や薬を枕元に持ってきた。医師を呼ぼうとしたので、それは控えさせた。そうして、彼女はいつの間にか寝入ってしまった。

目が覚めた。

（暗い……、もう夕刻ではないか、ああ、どうしよう……）

大名児は血の気がひいた。あわてて、約束の場所へと走っていった。

──大名児さまぁ、どこへ行かれるのですかぁー？

一目散に駈けていく大名児の背で、呼び止める家人の声が聞こえてくる。彼女はそれを無視して懸命に走った。

夢中で走ったせいで息は絶え絶え、足は限界だった。思いのほか、道のりがあった。ああ、もうだめ、と思ったとき、あの池が見えた。

黒い人影が見える。大津さまは待っていてくれた。大名児は安堵した。ほっとしたら急に力が萎《な》えた。大名児は倒れた。

大津の方も大名児が走ってくるのに気づいていた。無理かもしれないと諦めかけていた矢先だけに心が躍った。ところが目の前で大名児が倒れた。大津は急いで大名児のもとに駆け寄った。

——大名児、大丈夫か？

——ああ、大津さま。遅れて申し訳ありません。

——そんなことはいい。しばらくそのままじっとしていろ。わしの腕の中で休め。

——ありがとうございます。

——また、山の雫《しづく》に濡れるのかと思ったぞ。

大津が優しい笑みを浮かべて冗談を言った。

——まあ、いやなひと……。

その夜、大津の館で二人は結ばれた。しかし、その一部始終は津守連通《つもりのむらじとおる》の手の者によって監視されていた。大津も河島の忠告で監視されていることを薄々察していた。けれども今の大津に大名児との逢瀬を自制するだけの心の余裕はなかった。それを我慢していったい己の人生、何を喜びとするのだ……。大津は青臭い理屈で自分を正当化しようとしていた。そしてその思いを歌に詠んだ。

大津皇子、窃《ひそ》かに石川郎女に婚《あ》ふ時に、
津守連通がその事を占《うら》へ露《あら》はすに、皇子の作らす歌一首

大船《おほぶね》の　津守が占《うら》に　告《の》らむとは　まさしに知りて　我が二人《ふたり》寝し

〔『万葉集』巻二・一〇九〕

大津と大名児のことは、翌日、津守連通から皇后に報告された。ことの性格上、草壁には伏せられた。まもなく大名児は皇太子《ひつぎのみこ》の采女から外された。彼女は都を離れることになった。行き先は伏せられた。

大津の方も、大名児に対する措置が自分のせいであることをすぐに理解した。大名児が去っていったのは辛いが、このまま草壁のもとにいるよりは、はるかにましだった。逢わなかった方がいいに決まっている。だが逢わなければきっと後悔するに違いない。大名児には気の毒なことをしたが悔いることはない。皇太子の位も、大名児も何もかも草壁に取られるくらいなら、後で罰を受けようとも、いっそ思いを遂げた方がいい——大津は一人納得しようとしていた。

大津は大名児のことを忘れようと政務に励んだ。

しばらくして天武天皇から山辺皇女《やまのべのひめみこ》を妃とするようにいわれた。山辺皇女の父は天智天皇で、母は常陸娘《ひたちのいらつめ》、母方の祖父は蘇我赤兄《あかえ》である。

蘇我赤兄は壬申の乱当時、近江朝の左大臣で敗戦により配流された。しかも大海人皇子と鸕野讃良が生死を賭けて吉野に逃げ落ちたとき、それを見送った赤兄らが「虎に翼をつけて放つようなものだ」と述べたことが、鸕野皇后の耳にも届いていた。見送ったのは赤兄だけではなかったが、皇后は赤兄に違いないと思っていた。母越智娘や祖父石川麻呂を死に追いやったのは赤兄の弟日向《ひむか》であったが、赤兄も関与しているに違いないと前から決め込んでいたからだ。

皇后が赤兄のことを快く思っていない最大の理由は、有間皇子《ありまのみこ》を騙《だま》した張本人であることによる。斉明天皇が紀の温泉（和歌山県白浜町）に行幸された折、赤兄は天皇の留守を狙って有間皇子に謀反を勧めた。有間をその気にさせた上で、それを密告した。皇后はその卑劣さを嫌悪していたから、悪事には悉く《ことごと》赤兄が関与しているように思えてならないのだ。

後日、「虎に翼をつけて放つようなものだ」と揶揄《やゆ》されたことを聞いた鸕野は、赤兄らへの恨みを糧に再起を期した。そのことを知っている山辺皇女は、皇后の異母妹でありながらどこか肩身の狭い思いをしていた。

大津としても山辺皇女のことは知ってはいたが、親しく話したこともなかったし、歌の世界でも名前を聞くことがなかった。とりたてて美人というほどではなく、もの静かな女人という印象を持ち合わせていた程度で、特に関心を覚えたこともなかった。

ところがこの話が持ち上がったとき、大津はなぜか彼女を労《いたわ》ってやりたいと思った。控えめで地味な女人であったが、その眼差しは優しく、心地よい安らぎを覚えた。幼い頃に死別した優しい母の面影を山辺に重ねていた。大津が大名児の一件で傷心していたことも影響していた。

こうして大津は山辺皇女を妃とした。そしてそれまで以上に政務に没頭した。山辺皇女との生活は大津に安らぎを与え、大津は山辺を慈《いつく》しんだ。大津にとっておだやかな日が続いた。


灯りを消した暗い室内で、何やら二人の男が密談しているようだ。

——河島皇子、あなたは近江帝の子、大友皇子亡き後は、あなたが帝《みかど》の志を継ぐつとめがございます。

——帝の志とは……？

——何を今さら。百済の再興ではありませんか。

——それはかつてのこと、今となっては叶わぬ夢だ。

——皇子、我ら百済を追われた数千、いや万をも超える民を近江帝はお救いくださされました。我らが望むのはただ一つ、祖国百済の再興に他なりません。近江帝はそれをお約束くだされました。

——父がそこまで約束したとは聞いておらぬが……。

——では、皇子は我らに故国の再興を諦めよと申されるのですか。我らを見放されるのでございますか。

——そこまでは申しておらぬ。

——草壁皇太子は百済の僧義淵《ぎえん》さまから学んでおられます。しかも義淵さまは百済の王族にもつながるお方、きっと皇太子は百済再興のことを理解されることと信じています。ところが大津皇子はどちらかといえば父君の天武帝同様、新羅寄りだとお見受けします。我らといたしましては、皇太子《ひつぎのみこ》に近づきたく存じます。河島さま、我らと皇太子の仲を取り持ってください。

——大津を差し置いて、そのようなことはできぬ。それに朝廷としてはこれ以上、百済の支援は行わないと決められた。義淵が申したぐらいで皇太子の考えが変わるとは思えぬ。第一、義淵は立派な僧だ。そのようなことに関わるわけがない。

策《はかりごと》をもった何者かの誘いに、河島は及び腰であった。

——まさしく義淵さまは誉れ高きお方です。一方、大津さまは新羅の僧行心に教えを請うておられます。新羅の神文王とも通じておられるごようす。朝廷の断りもなく、皇子が新羅王と交流されることは許されることではありません。河島皇子もそれをご存知のはず――。

――そ、それがどうしたというのだ。

明らかに河島は動揺していた。何とか虚勢を張ってはいるものの、その声は震えていた。

――かつて新羅征伐のための軍船が駿河の国で造られました。しかし伊勢まで回航したら舳先《へさき》も艫《とも》も反ってしまったことがありました。あれは駿河に住む新羅系の工人たちの仕業に違いありません。我らはその怨みを忘れることができません。新羅の息のかかった皇子が皇位に就くことは何としても阻止せねばなりません。

――阻止とはどういうことだ？

――天皇にはさせぬということでございます。かつて新羅に近づきすぎた上宮王家の方たちの行く末をご存知でしょう……。

それは不敵の笑いだった。背筋が寒くなるような不気味さであった。

――そちらは、いったい何を企んでいるのだ……？

――皇子にもっと皇太子さまの力になっていただきたいのでございます。たとえ大津さまを裏切っても……。

河島皇子は言葉を失った。このとき河島は、彼らがある人物からの差し金であることに気づいていなかった。

翌朝、河島は皇后に呼び出された。

――河島皇子、最近、大津皇子の邸に人が多く集まっていると聞きますが……。

――皇后もご存じのように、大津皇子は宴を催し、漢詩を作って批評しあっておられます。いつも通りだと存じますが……。

――そなたもそこに参加しておられますね。

河島が大津の邸での宴の常連であることを皇后は知っていた。河島は身構えた。

――大名児の一件のことは覚えておられるでしょう。

――はい……。

ああ、嫌なことを思い出させる……。河島は皇后の次のひと言が怖かった。

――河島皇子、最近、朝廷に不満をもつ者があちこちで画策し蠢《うごめ》いているようです。旧近江朝に近い者から、公地公民制や租庸調《そようちょう》に不満を持つ者までさまざまですが、侮れないのが百済からの遺民たちです。古来に帰化した者はよろしいのですが、白村江以後に来た者は、行く末に不安を覚えております。しかし彼らが願うような百済の再興など今となっては不可能なことです。

――皇后、私も同感です。

――さりとて放置しておくわけにもまいりますまい……。

――はい……。

河島は生返事をした。皇后は何を言いたいのだろう……？　それが気になった。

――河島皇子、大津の邸に来た者をすべて報告しなさい。彼らが何を喋ったか、すべて報告しなさい。そなたがいちいち皇后である私に報告すると目立ちます。報告は藤原朝臣史《ふじわらのあそんふひと》にしてください。史は皇太子の邸にいますから。

――史ですか……？

――はい、鎌足公の次男です。

――ああ、あの秀才の誉れ高い……、彼は山科の邸に引きこもり、勉学に勤しんでいると聞いておりましたが……。

――そうです。ですが今は皇太子の側近として知恵を貸してもらっております。ですから、河島皇子、あなたもその有能な才を私に預けなさい。分かりましたか。

――ですが、仮にも私も天智帝の皇子のはしくれでございます。史があの大功臣鎌足公の嫡子とはいえまだ無官の身……その史に私が報告せねばならぬのですか。

――はい。そう申しているのです。

皇后の口調は厳しかった。有無を言わせぬ威圧感があった。河島はたじろぎ、すぐに声が出なかった。

——はい……。

河島は、歯切れ悪く小さな声で肯《うなず》くのが精一杯だった。その声があまりに小さく、皇后の耳に届かなかったのか、皇后は更に強い口調で繰り返した。

——分かりましたね！

——はい、分かりました。

河島は、今度は大きな声で承諾した。そう返答するしかなかった。屈辱的だった。

——皇子、私は百済王家を日本に作ろうと思っています。天皇には内緒ですが、そうすれば彼らの不満も少しは和らぐでしょう。希望の明かりがつながるでしょう。我が天皇家は、その百済王家を大切に扱っていきましょう。とりあえず日本に残っている百済王子善光に、百済王という姓《かばね》を与えようと考えています。

うなだれている河島を見て、皇后は優しく言った。

——皇后、すばらしいお考えだと存じます。失礼ながら、それは皇后自らお考えになったものですか。

救われた気がした河島の顔に、少し精気が戻った。

——史が授けてくれたものです。

——また史ですか……。

——はい。

こうして河島は皇后と不比等の手先となって諜報を受け持つこととなった。図らずも友である大津の周囲を探らねばならぬ間諜と化した。しかも今までどおり大津の盟友であることが求められた。

『懐風藻』に、「河島皇子。一首」と題して次の序文が掲げられている。「(大)津の逆《ぎやく》を謀《はか》るに及びて、(河)島則ち變《へん》を告ぐ」、河島皇子が大津皇子を裏切ったことを今に伝える文面である。

皇子は淡海《あふみの》帝の第二子なり
志懐温裕《しくわいをんゆう》、局量弘雅《きよくりやうこうが》
始め大津皇子と莫逆《ばくぎやく》の契《ちぎり》を為《な》しつ。
津《(大津)》の逆を謀《はか》るに及びて、島《(河島)》則《すなわ》ち變《へん》を告ぐ。
朝廷其の忠正を嘉《よ》みすれど
朋友其の才情《さいじやう》を薄《うす》みす。

議《ぎ》する者《ひと》未《いま》だ厚薄《こうはく》を詳《つば》らかにせず。
然《しか》すがに余《われ》以為《おも》へらく
私好《しかう》を忘れて公《おほやけ》に奉ずることは忠臣の雅事《がじ》
君親《くんしん》に背《そむ》きて交《まじり》を厚くすることは悖徳《はいとく》の流《たぐひ》ぞと。
但し、未だ争友《さうゆう》の益《かが》を盡《つ》くさずして
其の塗炭《とたん》に陥《おとしい》るることは、余も亦《また》疑ふ。

この年の秋、これからの波乱を占うかのように彗星《ほうきぼし》が現れた。一丈（十尺）を超える尾が不気味に夜空に居座った。

冬十一月、八色《やくさ》の姓《かばね》が発表された。壬申の乱を教訓に、氏族が天皇に隷属することを明らかにしつつ、皇親勢力の強化と氏族統制を図るという意図にもとづくものであった。

当麻氏には、聖徳太子の弟、当麻皇子の後裔として最上位の真人《まひと》が授けられた。中臣が朝臣であったのに対し、壬申の大乱で大活躍したにもかかわらず宿禰《すくね》に止まったことを、名門大伴氏は嘆いた。憤る者が夜空の彗星を怨んだ。ある者は彗星に呪いを込めた。民は怖れおののいた。

八色の姓が発表されてから間もなくして、大地が響き、大地震があった。山は崩れ、川は溢れかえり国中の民が悲鳴を上げた。大寺院、五重塔、神々の坐す神社も倒壊した。民の家々は壊れ、田畑は土砂に埋もれ、伊予の温泉は湯が枯れた。土佐の国では広大な土地が大津波に呑まれて海に沈んだ。限りない民が命を失い、田畑を失い、家畜を失った。政《まつりごと》を憎む者が巷《ちまた》に溢れた。『日本書紀』天武十三年十月の記事に、「山崩《やまくづ》れ、河湧《かわわ》く。諸国《くにぐに》の郡《こほり》の官舎《つかさやかず》、および百姓《おほみたから》の倉屋《くら》、寺塔《てら》、神社《やしろ》、破壊《やぶ》れし類《たぐひ》、あげて数《かぞ》ふべからず」「土左国《とさのくに》の田苑《たはたけ》五十余万頃《しろ》、没《うも》れて海《うみ》と為《な》る」とある。世に言う白鳳大地震である。南海トラフ巨大地震と推定される最古の記録かと思われる。

河島の気持ちは暗く、晴れることがないままに年が暮れていった。

五　黒作懸佩刀《くろづくりかけはぎとう》

天武十四年（六八五）、大津は二十三歳になった。この年の正月、それまでの爵位が改定され、大津は浄大弐《じょうだいに》という位を授かった。草壁はそれより一位上の浄広壱《じょうこういち》を授かり、高市は大津より一位下の浄広弐、また河島と忍壁はさらに一位下の浄大参であった。

——皇后、お伝えしたいことがございます。

――おお、史か。宮廷はいかがですか。

不比等は皇后の招きで、朝廷に顔を見せるようになっていた。まだ官位は与えられていない。皇太子付きの内臣あるいは参謀のような扱いであった。

――まだ慣れませせぬ。名前と顔が一致しませぬ。名前さえ分かれば、その者の一族の系譜、素性、親族、交流すべて把握しておりますが、まだ顔がよく分かりませぬ。

皇后の横には皇太子である草壁がいた。

――皇后、史どのの聡明さには舌をまくばかりです。

満足そうに草壁が言った。皇后は草壁の言葉を無視した。

――ところで、伝えたいこととは……。遠慮せずに申せ。

――はい、皇后。伊勢から美濃、上野国《こうずけのくに》それから西国にも不穏な動きがございます。それらが連動したものか、別々のものかは判じかねますが、いずれにしろ、早急に手を打たれた方が賢明かと存じます。

――上野国か、渡来人の多き地よのう……。

皇后が思案げに呟いた。追い打ちをかけるように、不比等は言葉を継いだ。

――上野の片岡・緑野《みどの》・甘良《かんら》の辺りに郡衙《ぐんが》を置き、東国の守りを固めるとともに、多胡《たご》の地（群馬県高崎市）の治安を守りたいと考えています。

——いずれにしても藤原・中臣の諜報に勝るものはない。よし、すぐに手を打ちましょう。皇太子、すぐに高市を呼びなさい。

皇后は不比等の言に直接には答えなかったが、何やら意を決したようだった。

ただしこれらのことは、天皇には報告されなかった。天武の体調はことのほか重かった。

この頃、全国あちこちで不穏な動きがあることが朝廷にも報告されていた。

八色《やくさ》の姓《かばね》制定の前から、こうした地方の不満解消策として地方の国造《くにのみやつこ》・伴造《とものみやつこ》など地方豪族に、高貴な連《むらじ》の姓が乱発されていた。

一方、高市皇子には、国造らに鎮圧を急がせるよう指示がなされた。高市は余計なことは訊かない。用件が済むとすぐに退座していった。この措置の裏には不比等の進言があった。

小規模ながら各地で頻発している事件、紛争、地方官への襲撃などは連動しているおそれがある。誰かは不明であるが、背後にはかなりの勢力があるのではないか、と不比等は進言していた。不比等の進言は皇后から天皇に伝えられた。天皇はその報告を聞くと力なく頷《うなず》いた。

「凡《およ》そ政《まつりごと》の要《かなめ》は軍事なり」という詔が去年の閏《うるう》四月に発せられていた。反乱に備えるため、早急に文官にも兵馬を整えるようにとの命であった。

こうした軍事のことは、大津皇子よりも、高市皇子が主に携わった。八色の姓には大津も関わったが、こと軍事に関しては高市皇子が中心だった。無論、大津も詔《みことのり》の作成から指示に至るまでできるだけ高市に協力した。天武はそんな高市を頼りにしていた。

天皇は宮処王《みやところおう》以下を畿内に遣わし、民が有している武器の調査をさせた。東海・東山・山陽・山陰・南海の五道と筑紫にも使いを送り、国造など地方の官人に巡察を命じ、また大弓など特殊な武器を私蔵することを厳しく禁じた。それだけ各地の政情が不安定だった。特に壬申の乱のときに力を貸してくれた東国の兵力を逆に怖れた。東国には百済と同じく新羅により滅ぼされた高句麗からの遺民も多く移住していた。彼らが朝廷に逆らうことを怖れ、伊賀・伊勢・美濃・尾張の調と役を半減させ、懐柔しようとした。

ところがこれらに関する報告も、一切の情報も大津には入ってこなかった。高市に聞くのが一番なのだがどうも敷居が高い。それで河島に聞いてみるのだが要領を得ない。大津は疎外感を覚えるようになっていた。

これらの地方政策は天皇の詔によって行われる。天皇が指図し、その状況や結果は天皇に報告することが基本であったが、病に冒された天皇は気力を失っていた。政は皇后と皇太子中心に行われていた。そしてこの二人が頼りにしているのは不比等である。

不比等は、亡命百済人と旧近江朝に仕えた豪族、そして律令制に不満をもつ者たちが結束することがないよう、前もってその動きを牽制し、制圧しようと考えていた。それら反朝廷の動きが、いずれ大津皇子を担いで反乱を蜂起させることにもつながりかねない。大津皇子は謀反の首領として祭り上げられる存在になり得ること、地方にはそんな不穏な空気が渦巻いていることを、不比等は嗅ぎ取っていた。

――皇太子、史どのと二人だけで話がしたい。すみませんが席を外してくれませんか。

鸕野皇后が草壁に言った。

草壁にも皇太子としてのプライドがある。かすかに不服そうな表情を見せたが、皇后は無視した。草壁はすごすごと退席した。皇后としても、このような皇太子軽視ともとれるようなことは避けたかったが、話の性格上やむをえなかった。

草壁の姿が消えてからも、皇后は慎重に時を待った。そして十分な時間が経ったのを見計らって、重い口を開いた。

――何もそこまで大津を追い詰めることはないではありませんか。

皇后が言った。その眉間《みけん》には皺《しわ》が寄り、表情は暗かった。

天武天皇の健康状態もあまり芳《かんば》しくない。年を考えればそう長くはないだろう。そうなれば自ずと皇太子である草壁が天皇として即位することになる。律令制も徐々に整ってきた。いかに有能な大津といえども、皇位に就いた草壁を脅かすことなど不可能だ。それに最近の大津は誠実な態度で朝政に取り組んでいる。皇太子にも忠実だ。山辺との生活も平穏そうだ。ここで追い詰めることの方がかえって危険だ、皇后はそう考えていた。

——皇后、私は大津皇子と政治のこと、仏教のこと、唐や新羅のこと、詩や歌のことなど心行くまで話し合いました。大津皇子は立派な方です。ただし彼はそのことを己自身でも自覚しておられます。そこが危険なのです。この朝廷の世がいつまでも平和であるという保証など、どこにもありません。不満は天下に満ち溢れています。それだけに大津皇子は彼らが担ぐには格好の存在なのです。

不比等は力説した。

——分かりました。大津は石川郎女と間違いを犯しました。彼女が皇太子の采女であることを知りつつ密通しました。皇太子の立場上伏せてはいますが、これは朝廷の権威に対する背信行為です。

——皇后、仰せのとおりです。たしかに大津皇子は優秀な方です。大津皇子を慕う官人も少なくありません。それだけに場合によれば……。

——ちょっとお待ちなさい。場合によればどうなのですか。次の天皇は皇太子をおいて他にありません。言葉を慎しみなさい。

——これは失礼をいたしました。そういう意味で申したのではございません。申し上げたかったのは、たとえ兄弟といえども、いかに天皇の信任が厚くとも、大津皇子は日並皇太子《ひなみしのひつぎのみこ》に臣従しなければならないお立場です。大津皇子も頭では理解されているのですが、心の内ではまだ納得できていないところがあるようです。無論、皇子を唆《そそのか》す輩《やから》がいることもあるのでしょうが、基本的には大津皇子の自覚の問題です。皇子は己が品隲《ひんしつ》された方以外に扈従《こしょう》されるような方ではございません。不羈の稟《ひん》を有しておられる誇り高き皇子です。私は皇子と話してそれがよく分かりました。このままでは災いの種となるおそれがございます。事が起きてからでは遅いのです、皇后。

皇后は言葉を失った。いろいろあっても大津は実の姉の子である。天武の愛情が姉の大田にあったことを嫉妬し恨んだこともある。けれども妹として、優しい姉を慕っていたことも事実である。大津はその姉の子、幼くして母を亡くした……。できるだけ母の代わりを努めようとした。不比等が進言することの意味は理解できぬこともない。しかし肉親の情がそれを逡巡させる……。

皇后が困った顔をして黙っていると、不比等が続けた。

――皇后、私も大津皇子が好きです。敬意も抱いております。しかし大津皇子が謀反に利用されるおそれなどないと誰が断言できましょう。日本国内の騒乱を利用し、唐と新羅が結託して攻めてくるかもしれないのです。危険の芽は早いうちに摘み取るのが鉄則です。

——史、もうよい。分かった。

皇后は力なく言った。

——いずれにいたしましても、天皇が生きておられる間は無理です。けれども天皇が薨《みまか》れば、即座に行うことが肝要かと存じます。不満を持つ者たちも薨去《こうきょ》のときが機会と狙っていると思われますゆえ……。

不比等のその言葉に皇后は答えなかった。


しばらくの間、二人は黙っていた。その沈黙を先に破ったのは皇后の方だった。

——神日本磐余彦尊《かむやまといわれひこのみこと》が神武天皇として即位なされてから千年以上ものときが経っております。どうにか律令制度の目途も立ってまいりました。いずれ唐に倣い、日の出づる国に相応しい都城を造らねばなりません。しかし残念なことに我が国には未だ皇位継承の定めがありません。皇位を継承するに嫡子が優先すべきか、ときには歳や才を見極め、兄弟から選ぶべきか等についての定めがない……。これが古来、争乱の元となり、国が乱れてきたのです。史どの、そなたなら分かりますね。

——はい。

不比等が答えた。それを確認すると皇后は話を続けた。

——それゆえ天智帝は「天地と与《とも》に長く、月日と共に遠く、改るまじき常《つね》の典《のり》と立て賜《たま》ひ敷《し》き賜《たま》へる法」を考えられていたのです。皇位は長子が継ぐのが基本であると。しかしそれは我が子大友皇子への愛着からでたもの、大皇弟である大海人皇子には承服できないものでした。天智帝もそれを悟られ、皇位を大海人に譲ると申されましたが、それが偽りであることは明らかでした。

——それで出家すると称して、吉野に逃げ延びられたわけですね。

——そうです。今の大津が大海人と似たような立場です。今にして、父天智帝の気持ちがよく分かります。私たち夫婦が行ったことと矛盾するようですが、今後、皇位継承の度に争いが起こるようなことは避けねばなりません。唐や新羅のことを考えると、父天智帝がお考えになった不改常典《ふかいじようてん》を、改めて整備すべきであると考えます。史どの、それをきちんとまとめてください。

——分かりました。しかし天皇は心のどこかで大津皇子に未練をお持ちのようです。したがって、それは今の天皇亡き後でないとまずいかと心得ますが……。

——何か、よい知恵はないか？

——仮に皇太子が無事、天皇になられたとしても、嫡子である軽皇子が即位に相応しいお年になられるまでに急逝されることも考えられます。その場合、幼少の軽皇子が即位されることは困難です。そうすると大津皇子や高市皇子が即位されることもあり得ましょう。高市皇子のように母が皇族でない皇子を除いたとしても、天武天皇には大津皇子、長皇子《ながのみこ》、弓削《ゆげの》皇子《みこ》、舎人皇子《とねりのみこ》と、母を皇女にもつ皇子が四人もおられます。

不比等のその言葉に皇后が皮肉混じりに口を挟んだ。

——そなたの義妹《いもうと》、五百重娘《いほえのいらつめ》が産んだ新田部皇子《にいたべのみこ》もいますね。そなたの甥です。まだ幼いですが、偉大なる大職冠《だいしょくかん》鎌足どのの孫でもあるのですから……。

——ご冗談を……。畏れ多いことでございます。

不比等は皇后に胸の内を見透かされたような気がして、冷や汗をかくのを覚えた。

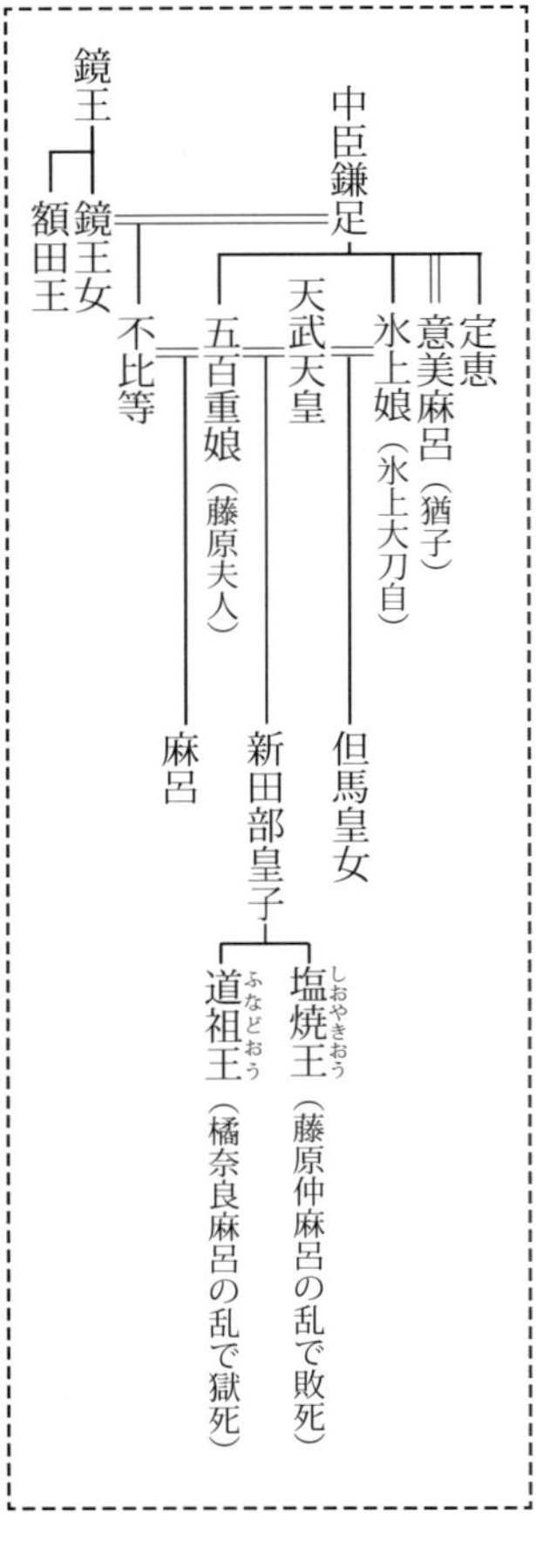

鎌足の娘、五百重娘と天武の間にできた新田部皇子、それに氷上娘《ひかみのいらつめ》と天武の間にできた但馬皇女《たじまのひめみこ》、いずれも不比等にとって甥、姪である。天皇や皇后にはならずとも、藤原氏の血を受けた皇子や皇女が将来、藤原氏が政界で発言力を高める基盤になるとの魂胆がないといえば嘘になるからである。

不比等はわずかに狼狽気味であったが、冷静を装って話を戻した。

――大津皇子だけを排除しても万全とはいえないのです。それでは皇后が望まれている日《ひ》並皇太子《なみしのひつぎのみこ》の嫡子相続が叶わなくなってしまいます。

――だからどうすればよいのか、訊いているのです。

皇后が焦《じ》れていた。不比等は慎重に言葉を選んだ。

――日並皇太子が立派な黒作懸佩刀《くろづくりかけはぎとう》をお持ちです。不改常典《ふかいじょうてん》を定められ、その刀を皇位継承の徴《しるし》とするのです。この刀を譲り受けた者が次の天皇になると……。

皇后は眉をしかめて口をつぐんだ。不比等はしばらく皇后の反応を待った。それでも皇后は黙ったままだった。しばらく待って不比等は言葉を継いだ。

――次の天皇である日並皇太子の御世《みよ》が安定した頃を見計らって、居並ぶ群臣たちの前でその黒作懸佩刀を高々と掲げられ、「天《あま》つ日嗣高御座《ひつぎたかみくら》の業《わざ》、天の下の政《まつりごと》を朕に授け賜《たま》ひ譲り賜ひて、教へ詔《の》り賜ひつらく、掛《か》けまくも畏《かしこ》き天皇《すめらみこと》の万世に改むまじき常《つね》の典《のり》と立て賜ひ敷《し》き賜へる法《のり》のまにまに、後遂《のち》には我が子に、さだかに、むくさかに、過《あやま》つことなく、授け賜へ」と、即位の定めの宣命《せんみょう》をなされるというのはいかがでしょうか。

――なるほど、それはよい考えです。黒作懸佩刀《くろづくりかけはぎとう》が日並の天皇の意を受けた証となるわけですね。ですが天皇がいつ薨《みまか》るとも限りません。そのとき軽皇子《かるのみこ》が成人しておればよいのですが……。

――そのときは皇后が天皇の名代として、天皇の遺言としての宣命を述べられればよいのです。黒作懸佩刀が天皇の遺言の徴となるのです。

――しかし、いくら日並の天皇から託されたと申しても、私や阿閇《あへ》からでは他の皇子や群臣たちが疑問をもつでしょう。第一、そのとき私が生きているという保障もありません。

皇后が不比等の意図を理解しはじめた。皇后の頭の回転の早さは、さすがの不比等も舌を巻くほどだった。

――皇后が存命のときは、皇后自らが天皇として即位なされればよいと存じます。推古帝も、皇極帝も女帝として即位なされました。軽皇子が成人されるまでのことです。

皇后は黙って不比等の論を聞いていた。不比等の話が終わっても黙ったままだった。深刻に悩んでいるように思えた。そしてやっとその重い口を開いた。

――軽《かる》が成人せぬうちに、私と日並の天皇のいずれも命なきときはどうすればよいのですか？

――そのような不吉なことを前提にしたお話はできかねます。

――いえ、大切なことです。遠慮せずにそなたの考えを申しなさい。

さすがに不比等も躊躇したが、皇后の凛とした求めに自らの存念を開披することに意を決した。

――肝心なのは、皇后が恣意的に皇位継承を行っていないことを群臣たちに認めさせることです。軽皇子が天皇として即位すべきことを、黒作懸佩刀と共に最も信頼すべき功臣に託すのです。黒作懸佩刀は天皇の意が託されている証なのです。

不比等は思い切った献策を行った。この案に私欲はなかった。ただ純粋に皇后の相談に対して意見を述べただけだった。

皇后は考え込んだ。不比等は緊張しながらも皇后の顔色を窺っていた。

――その役目、そなたに命じます。今の皇統はそなたの父鎌足どのが切り開いたもの、史どの、そなたしかおりませぬ。

皇后の予期せぬ言葉に不比等は息を呑んだ。それで一呼吸おき、少し上ずった声で返答した。

――私は満足な官位もない卑官の身、重《かさ》ね重《がさ》ね畏《おそ》れ多いことでございます。

――いえ、いずれそなたには大臣となってもらうつもりです。時機をみて皇太子から黒作懸佩刀をそなたに預けるよう申し伝えることとしましょう。

――官位もない私にですか？

――そうです。しかるべき官位は授けます。これはそなたを宮廷の中心として登用することの約束と受けとめていただいて結構です。その代わり、不改常典《ふかいじょうてん》の証として黒作懸佩刀を間違いなく孫の軽に伝えてください。史どの、約束です。

不比等はただ黙って頷いた。皇位継承の譲《ゆず》り刀《がたな》の任を託された感動と責任の重さで胸が震えていた。

――「我が子に、さだかに、むくさかに、過《あやま》つことなく、授け賜《たま》へ」ですか……。

皇后は、沈黙している不比等に対して微かに笑みを浮かべた。そしてその意味を確かめるように、一語一語ゆっくりと復唱した。

――はい。

皇后の深慮を読み取った不比等は冷静さを取り戻していた。皇后が宣命案を呟くのをよそに、彼の頭の中では隠微でおぞましい考えがもたげかけていた。

（大津皇子は災いのもと、さりとて草壁皇太子が即位することもまた災い。大津だけが抹殺された場合、大津に意を寄せる者たちがいつまでも災いの種となる。争いの結末は両者が責を負うもの、折を見て草壁にも消えてもらうことにしよう。壬申の大乱の再発を防ぐには喧嘩両成敗しかあるまい。……皇后が申されたように、この刀を正当な皇位継承者である証として、私から軽皇子に授けることとしよう。それまでの間、皇后に即位していただくしかあるまい……）

不比等の企みが友一郎の脳天を直撃した。その空恐ろしさに背筋が凍り付いた。

第三章　百伝ふ磐余の池に

一　大津皇子、伊勢へ

この年、鸕野皇后が祖父蘇我倉山田石川麻呂の遺志を引き継ぎ、母越智娘《おちのいらつめ》を供養すべく建立し続けた念願の山田寺が完成した。三月二十五日には仏眼《ぶつげん》を点じることができた。祖父石川麻呂や母越智娘のあまりに哀れな惨劇から三十六年の歳月が経過していた。何年か前には、祖父や母を弔うために五重塔の心柱《しんばしら》に「浄土寺」と刻み、珠玉《しゆぎよく》や舎利《しやり》を奉納した。皇后の積年の執念がようやくのこと、成就されたのだった。

ところが天武天皇の体調は一向にすぐれなかった。往年の精気は消え失せ、政務も皇后に任せきりの状態となった。

大官大寺、川原寺、飛鳥寺で三日間、誦経《ずきよう》が行われた。美濃の国からオケラという貴重な薬草も運び込まれ、煎《せん》じられたが、病状が改善する兆しはなく、天皇は次第に元気を失っていった。

翌年、ついに天皇が倒れた。病は重篤だった。この年の正月、難波の宮が全焼し、七月には飛鳥の民部省《みんぶしょう》も火事で焼けた。あちこちで謀反の噂が流れていた。そのほとんどは出所不明の無責任な噂だった。不安な空気が都に漂っていた。

飛鳥の川原寺では、天皇の病気平癒を願う祈願が執り行われた。大赦も実施された。宮中では悔過《けか》の法要が、諸国では大解除《おおはらえ》が行われ、また紀伊・飛鳥・住吉の大神への奉幣《ほうぺい》など、あらゆる儀式が行われた。それでも天皇の病状は重くなる一方だった。

それまでは、かすかな望みを残していた大津も、鸕野皇后と草壁皇太子の世、いや草壁天皇の世が来ることを覚悟した。

七月、死期が迫っていることを覚悟した天武は、ついに「天下のことは大小を問わず、悉《ことごと》く皇后及び皇太子に啓《もう》せ」と詔《みことのり》した。

天武が心の中で「大津、すまん」と思っていたかまでは確かめるすべもないが、死後の政局のことを考えるとやむを得なかった。「大津を頼む」と伝えようにも、そばにいるのは皇后か皇太子、あるいはその側近の者ばかりだった。どうにも動かぬ体を情けなく思うしかなかった。

（どうやら、皇后よりもわしの方の寿命が近づいているようだ。大津には可哀想だが、わしが薨《みまか》った後は、おまえは皇后や皇太子にとって煩わしい存在となるだろう。ちょうどわしがそうだった。兄は弟であるわしの存在を怖れられた。大皇弟《ひつぎのみこ》というものがいかに罪作りな称号であるのか、わし自身が一番痛感している。けれど大津よ、可愛い我が息子よ、わしはどうしてやることもできぬ。なぜならわしはおまえたちを残して先に薨っていかねばならぬから……）

七月も半ばを過ぎた二十日、この不吉で暗い世の中を変えるべく、元号が朱鳥《あかみとり》に変えられた。諸臣たちは天皇のために観世音像を造り、観世音経を大官大寺で読ませた。

八月一日、天皇の病平癒のために八十人の僧が得度した。二日にも僧尼合わせて百人が得度し、百の菩薩を宮中に安置し、観世音経二百巻を読経させた。九日、天神地祇《てんしんちぎ》に祈りが捧げられ、十三日、秦忌寸石勝《はたのいみきいわかつ》が土佐に遣わされ、その大神に幣《みてぐら》が奉納された。

同じ日、草壁皇太子、大津皇子、高市皇子の三人に封四百戸が与えられ、河島皇子、芝基皇子《しきのみこ》にはそれぞれ三百戸が与えられた。

季節は移ろい、九月（旧暦）を迎えた。大陸から渡ってきた雁などの冬鳥が野山に姿を見せはじめていた。

――大津、気をつけろ。誤魔化されるな。天皇が薨った後、そちを失脚させようとするような動きがある。

河島が大津にこそっと耳打ちした。河島のせめてもの罪滅ぼしだった。

――河島、それはどういうことだ？

大津の問いに河島は答えなかった。彼は策謀の大方について察知していたが、それを明かすわけにはいかなかった。

詳しく聞かずとも、大津は自分の置かれている状況を理解した。そうすると無性に伊勢にいる姉大伯に逢いたくなった。いったん逢いたいと思うと、もうその衝動を抑えることはできなかった。

大津は舎人《とねり》の礪杵道作《ときのみちつくり》だけを連れて伊勢に向かった。誰にも知られてはならない旅だった。

二人は深夜の山道を急いだ。

粟原《おうばら》を過ぎ、人里を遠く離れた高見峠に道を取った。急峻な山道だった。馬を降り喘《あえ》ぎながら道を急いだ。

翌日の昼過ぎには粥見《かすみ》に到着した。ここで左手に道をとり白猪山《しらいさん》の南麓を越え、祓川《はらいがわ》沿いに道をとった方が斎宮には近いが、度会《わたらい》で中臣意美麻呂と落ち合う手筈になっているため右に道をとり、多毛《たき》を目指すことにした。

この峠を下れば伊勢の斎宮はもう間もなくだ。ああ、姉上……。大津の心は逸《はや》った。

——皇子、ここでしばらく休んで、斎宮に入るのは日が暮れてからにしましょう。

道作が言った。

——ああ、そうしよう。人目に付くからな。

大津が応じた。目の前にある祓川が斎宮まで流れていると思うと、一刻でも早く姉に逢いたいという思いばかりが募《つの》ってくるが、禁を犯しての隠密行である以上仕方がない。

日が暮れてきた。二人は出発した。

——ここを行くと度会の離宮がございます。伊勢神宮と斎宮の間にある離宮で、斎宮まではじきに行けます。そこで意美麻呂どのにお待ちいただいております。

意美麻呂とは近江にいた頃からの仲である。大津は意美麻呂のことが好きだったし、信頼もしていた。その意美麻呂が伊勢神宮の祭主をしている。聞けば神嘗祭《かんなめさい》の準備のため、伊勢に滞在しているとのことであった。何とか大伯に逢わせてくれるというのだ。

天皇の勅使しか逢うことが許されない斎王である。いくら大津が皇子で、斎王の弟だといっても斎宮には入ることは許されない。実のところ意美麻呂の配慮も尋常のことではなかった。

二人はようやく度会に到着した。日は暮れ、辺りはすっかりと夕闇に包まれていた。昨夜からほとんど不眠不休で、険しい宇陀の山々を越えてきたせいか、普段は山野での狩りが自慢の大津もさすがに疲労困憊《こんぱい》していた。

門の前で馬を止めて降りようとしたら、中から意美麻呂が姿を現した。

――大津皇子。お久しぶりです。深夜の険しい山道、さぞお疲れのことでしょう。

意美麻呂は慇懃《いんぎん》に、そして緊張した面持ちで大津に挨拶をした。大津の厳しい事情を心得ているため笑顔を慎んだ。

大津もすぐに馬から降りて軽く会釈をした。

――世話になります。無理なお願いをして申し訳ないことです。

――何でもないことです。入るのは容易《たやす》いのですが、人目につくと何かとうるそうございます。夜遅く、女官たちが引き上げてから南の八脚門《はつきやくもん》より入ることにします。重要な儀式の時にしか使われない門ですから、普段は周りに誰もいません。斎王は内院におられますが、ここに男の子《おこ》は入ることができません。わずかに天皇の勅使が御簾《みす》越しに拝顔できるだけです。それゆえいざ入ってしまえば、お二人だけでごゆるりとお話ができます。

意美麻呂の大胆さに大津の方が驚いた。

――危険ではありませんか。

——何の、いつものことですから……。

意美麻呂はそう言って苦笑いをした。それで大津も少し緊張が解《ほぐ》れ、わずかに笑みがこぼれた。そういえば、ここしばらく笑ったことなどなかった。

——斎宮に出発するまで、この離宮で待つことにしましょう。ところで皇子、都からは、あなたのよからぬの噂ばかりが届いて参ります。皇子が謀反を企てているとか、各地の騒ぎは皇子が行わさせているとか、いろいろです。

——やはりそうですか。意美麻呂どの、そのようなことはないのです。信じてください。たしかに、いろいろな者が情報を寄せてきたり、あるいは誘いをかけ、ときには脅しまがいのこともあります。それらはすべて妖言《ようげん》です。皇太子は草壁に決まっています。今さら何をか言わんやです。父大海人皇子の時代ならともかく、今の世にそのようなことができる素地などありましょうか。もっとも私にはそんな気など毛頭ありませんが……。

大津は顔をわずかにしかめた。

——いずれにしても気をつけてください。いざとなれば私も力を貸します。皇后べったりの史や大嶋はともかく、私を含め皇子の味方となる中臣一族は全国におります。

意美麻呂は鎌足の一人息子である定恵を唐に遣ったとき、中臣家の猶子《ゆうし》として迎え入れられた。ところがその後、不比等が誕生したら鎌足の猶子を解任された。そうした経緯から、不比等に対しては複雑な思いを有していた。彼が大津に手助けしたくなるのには、そのような事情があった。

――意美麻呂どの、そのお言葉、身に沁みて嬉しいのですが、心配ご無用です。

――しかし、余程のご覚悟があればこそ禁を犯し、こうして大伯さまに会いに来られた……心中、お察し申し上げます……。まあ、私幣禁断《しへいきんだん》の制のある伊勢神宮に参拝されるわけでもございませんし、禁制を破ると申しましても姉上にお会いになるだけ、お咎《とが》めもたかがしれていましょう。

意美麻呂からも先ほどの笑顔は消えていた。厳しい顔だ。

――人がどのように申されようとも、父天武亡き後も、私は新しい天皇にお仕えする覚悟です。日並皇太子《ひなみしのひつぎのみこ》が天皇になられてもです。しかし皇后や史どのは私が将来の災いの種になるとお考えのようです。致し方ありません。私がいくらそのようなことはない、と申しても理解されません。どうすることもできぬのです。父が薨った後、どのようになっていくのか私にも分かりません。ただ、もしも……と思うと、子供の頃に別れた姉に一目会いたいと思わずにはいられなかったのです。今の私は父に会うことすら許されません。肉親といえるのは、母の血を分けた姉の大伯だけなのです……。

大津の声は涙で詰まっていた。意美麻呂も礪杵道作《ときのみちつくり》も胸が熱くなり、大津の涙に貰い涙していた。そうして三人は、静かに夜が更けるのを待った。

夜も深まった。大津と意美麻呂そして道作の三人は斎宮に向かって出発した。一刻も経たないうちに斎宮の八脚門の前に到着した。後は意美麻呂の手筈通り、中に入ることができた。

宵月《よいづき》はとうに西の空に沈み、澄み切った秋の夜空には満天の星が光っていた。それとは対照的に斎宮は夕闇に包まれて、その内部を見通すことはできなかった。意美麻呂によると、斎宮はただっ広《ぴろ》いだけで、広さの割には人が少なく、昼間でも閑散としているのだそうだ。だから都から来た者は余計人恋しくなるという。

――皇子、ここが斎王のおられる内院です。どうぞこちらからお入りください。中には女官が控えております。その者が案内《あない》いたします。帰りの手筈は女官に申し渡してございます。明日の暁までなら心置きなくご滞在ください。それでは私はこれで……。

意美麻呂はそう言って、大津に向かって頭を下げた。

――皇子、人目につくといけませんので私もこれで失礼します。帰りは白猪山の麓の峠でお待ち申し上げております。

道作が言った。

大津は意美麻呂に礼を言って、一人内院の中に入っていった。意美麻呂と道作は大津を見送った後、再び八脚門から外に出た。

静まりかえっている内院に人の気配がした。大伯が目を上げると、御簾《みす》越しに一人の若者が立っているではないか。大津が忍びで会いに来るかもしれないと耳打ちされてはいたが、半信半疑だったので、心臓は激しくときめき、胸が詰まるほどだった。

――姉上、お会いしとうございました。

御簾の向こうにいる若者の声が大伯の耳に届いた。

（おお、なんと雄々しく、若くて艶《つや》やかな声だこと――）

その声に、大伯の思いは華やぎ、まるで少女のように舞い上がった。途惑いがちな笑みに涕《なみだ》が光った。

――姉上、お久しぶりでございます。

大伯は慌てて御簾を片手で上げた。御簾のほん間際には帯剣した背の高い皇子が微笑んでいた。

――大津ですか……？

高鳴る胸の動悸、ようやくのことで大伯は声を出すことができた。

――はい、姉上。

大伯が泊瀬の斎宮に入ったのが天武二年（六七三）のこと、あれから十三年の月日が経っている。あのとき大津はまだ十一歳の可愛い少年だった。けれど今目の前にいるのは二十四歳の凛々しい若者……、よく見れば目元は少年の時のままだ。間違いなく大津、私の愛しき弟。

——私も会いたかった……。

そう言うのが精一杯だった。大伯は溢れてくる涕《なみだ》を拭《ぬぐ》おうとした。大津は両手で、その大伯の手をそっと包み込んだ。逞《たくま》しく温かい手の感触が大伯に伝わった。大伯は嬉しさのあまり、気を失うほどに昂《たか》ぶっていた。

——心配しておりました……。

やっと目を上げ、目のすぐ前にある大津の顔を見つめながら、大伯が言った。

——……。

大津はそれには答えず、その手を取ったまま大伯の体を引き寄せた。大伯は思わず、あっ、と微かな吐息を洩らしたが、そのまま大津に体を委ねた。大津の手が大伯の背に優しく回った。

二人は泣いたまま長い間、抱擁していた。十三年の思いが互いにこみ上げ、言葉にならなかった。

突然、大津と大伯の再会シーンが消えたかと思うと、いつの間にか友一郎の隣にいた尼僧が、大津との別れのときのようすを哀しげに語り出した。

「大津は政情については何も語りませんでした。父天武の病状のこと、近江の宮で遊んだ幼き頃の懐かしい昔話をしただけでございます。別れ際、『姉上、お体を大切に』と言ってくれました。そのひと言に冷や水を浴びせかけられたような気がいたしました。大津が死を覚悟していることを直感しました。大津の悲痛な思いがひしひしと感じられました……」

大津にとっては幼少の頃に離ればなれとなった、たった一人の姉……亡くなった母の面影を重ねた姉……、その姉との再会、そして悲しい別離……。

「大津を斎宮の南の端にある八脚門《はつきやくもん》から送り出しました。八脚門を出ますと山田原《やまだのはら》が大きく広がっています。大津が西の彼方に見える白猪山《しらいさん》に向かって帰って行くのを、その姿が見えなくなるまで見送りました。思わず祓川《はらいがわ》まで追いかけ、小さくなっていく大津の後ろ姿をずっと見ておりました。これが最後の姿かもしれないと思うと涕《なみだ》が止まりませんでした」

未明、大津はひとり都へと帰っていった。二十四節季では寒露を迎えんとする頃、その日の明け方の冷えは一入《ひとしお》であった。日が上る前の薄暗がりの中、窮地に追い込まれた弟を都に帰さなければならない。危篤状態の天皇、いや父はまもなく息を引き取るだろう。父亡き後の政情は焦臭《きなくさ》いと聞く。大津が争いに巻き込まれなければよいが……。都は弟の死地となるかもしれない。ああ、今生《こんじょう》の別れ……。尼僧の言葉に、いつしか友一郎も涙していた。

姉大伯の切なく悲しい別れの歌が『万葉集』に残されている。

大津皇子、竊《ひそ》かに伊勢神宮《いせのかむみや》に下《くだ》り上《のぼ》り来る時に、大伯皇女の作らす歌二首

我が背子《せこ》を　大和へ遣《や》ると　さ夜《よ》ふけて　暁露《あかときつゆ》に　我が立ち濡れし

〔『万葉集』巻二・一〇五〕

二人行けど　行き過ぎがたき　秋山を　いかに君が　ひとり越えなむ

〔『万葉集』巻二・一〇六〕

二　天武天皇の薨去と大津皇子の刑死

朱鳥《あかみとり》元年（六八六）九月九日、天武天皇の病はついに癒えなかった。朱鳥への改元の効もなく、天武は薨《みまか》った。享年五十六歳であった。

天皇の崩御の二日後の十一日には飛鳥浄御原宮の南の庭に殯宮《もがりのみや》が建てられた。殯の火が焚かれ、殯の儀式は夜になっても続けられた。薪《たきぎ》の火が夜の闇に赤々と揺らぎ、火の粉が夜空

に舞い上がる。遊部《あそびべ》の女たちが、天皇《すめらみこと》の霊を鎮めるための発哭《みね》の礼をなし、大きな声をあげてむせび泣いた。男たちは刀を負い、戈《ほこ》を持って歌舞《うたまい》を舞った。あたかも薪能《たきぎのう》を観ているような雰囲気だ。

九月二十四日、天武天皇が亡くなってから十五日目、殯宮が設けられてから十三日目、皇太子に続いて大津皇子が誄《しのびごと》を行った。

——偉大なる我が父、天渟中原瀛真人天皇《あまのぬなはらおきのまひとすめらみこと》は薨られました。天皇は雲隠れなされましたが、高天原《たかまのはら》に召され、皇祖神《こうそしん》の仲間入りをなされたのです。いずれ私も高天原でお会いできることを願わずにはいられません……。

大津は嗚咽していた。最後は言葉にならなかった。聞いていた周りの者も皆、涙を抑えることができなかった。そのとき、

——伊勢の私幣禁断《しへいきんだん》の制に違反するではないか！

突如、誰かが叫んだ。

その途端にざわめきが起こり、「大津皇子の誄《しのびごと》に謀反の疑いあり！」との声が他からも上がった。誰が発したのかは不明だったが、その声と同時に、大津は警備の官人たちによって取り囲まれた。一瞬、緊張が走ったが、その日はそれ以上の咎《とが》めもなく、そのまま哀悼の礼は続けられた。皇后は調査を命じた。後から思えば、おそらく誰かが作為的に仕組んだ騒ぎ

だったのであろう。謀反捏造の伏線だったのかもしれない。

大津は訳語田《おさだ》の邸に帰った。嵌《は》められているような気がしてならなかった。不吉な予感がした。わけが分からぬ――。ただならぬ空気が宮廷を覆っていることだけは痛切に感じられた。河島の忠告が実感となって押し寄せてきた。

このことは妻の山辺の耳にも入った。山辺は夫の身を案じた。山辺も大津が内密に伊勢に行ったことを知っていただけに胸騒ぎがしてならなかった。

二十七日、何事もなかったかのように誄が再開された。誄の口火を切ったのは大海宿禰《おおしあまのすくね》蒭浦《あらかま》だった。同じ日、当麻真人国見《たいまのまひとくにみ》が左右の兵衛《ひょうえ》のことを誄した。

その翌日には、藤原朝臣大嶋が兵政官のことを誄した。

四日目、百済王善光《ぜんこう》の代理として百済王良虞《りょうぐ》が誄した。

諸《もろもろ》の僧尼たちが、殯庭《もがりのにわ》で発哭《みね》たてまつった。亡くなった者を悼み、悲しみ激しく慟哭することによってその魂は慰撫《いぶ》され、鎮魂されていくのだ。加えて皇族や重臣たちの誄《しのびごと》が尽きることなく続けられた。伊勢王そして諸王たち、続いて県犬養宿禰《あがたのいぬかいのすくね》大伴、河内王、当麻《たいまの》真人国見《まひとくにみ》……、そして次の日も、また次の日も誄は続いた。皆が競い合うかのように、偉大なる天皇の功績を称え、その死を悲しんでいた。

延々と続く誄、それは次第に熱を帯びて大仰《おおぎょう》になり、忠誠を競う場に化したかのようだった。

それでも大津の不審な誄の後、殯の空気が一変していた。ただでさえ厳かで張り詰めた雰囲気であるのに、今は皆がどこか怯えたように誄を発しているように感じられた。ぎこちなく声が震えていた。


友一郎の目に殯宮での誄の光景が生々しく映っている。その横で尼僧が静かに語った。

「大海宿禰蒭蒲《おおあまのすくねあらかま》どのが最初に壬生《みぶ》の事を 誄《しのびごと》 奉られました。大津は天皇の功績を称え、壬申の大乱の労苦を偲び、切々と亡き天皇の冥福を祈ったと聞いております」

「壬生のこととは？」

「壬生とは養育したときのことでございます。亡き天皇の乳母は大海《おおあま》の者でした。大海氏は天皇の幼き頃、養育をしたのです。蒭蒲《あらかま》は天皇の幼き頃のごようすを語ったのです」

「それで大海人皇子という名が授けられたのですね」

「はい。父は〝海人《あま》〟という名が好きでございました」

「ところで私幣禁断の制とは……？」

友一郎には全く聞き覚えのない言葉だった。

「幣帛《へいはく》を禁断す。王臣家ならびに諸臣には幣帛を進《たてまつ》らしめざれ。重く禁断す――伊勢神宮に幣帛（供物）を奉納できるのは、天皇の他には皇后と皇太子に限られております。その皇后・皇太子といえども天皇の許可なしに奉幣することはできません。いわんや皇子や王が伊勢神宮に幣帛を奉納することは許されないことでございます」

「それが大津皇子の誄と関係があるというわけですか……」

友一郎にはさっぱりと分からない。

「皇祖神であらせます天照大神を奉祭できますのは天皇一人だけであることを示したのが、私幣禁断の制でございます。ところが天皇は都におられますから、斎王が天皇に代わって天照大神に奉祭するのでございます」

「だから、それが大津の誄とどんな関係があるのですか？」

友一郎は苛だたしさを覚えていた。誄との関わりについて一向に要領を得なかったからだ。

「大津は誄《しのびごと》で『私も高天原でお会いしたいものだ』と申しました。高天原で、天照大神をはじめ皇祖神にお会いできるのは天皇だけでございます。大津の誄は皇祖神を穢《けが》すものでした。そのような誄が許されるのは天皇と皇太子だけに限られております」

どうやら、大津の誄には思わぬ罪過が潜んでいたようだ。

「どのような罪になるのですか？」

「欺《あざむ》き事を以て幣帛を進《たてまつ》る人をば、流罪《るざい》に准《なぞら》へ勘《かんがえ》へ給へ――」

尼僧は祝詞を奏上するかのごとく答えた。

「流罪というわけですね。ならば死罪にはならないのでは……」

「誅だけではございません。大津は、天皇の代わりに天照大神に奉祭する役目の斎王である私に会いに参りました。大津が伊勢神宮に参拝したと偽りの証言をする者もございました。これらはすべて私幣禁断の制を犯すものとされました……」

「……そうなんですか……」

生返事をするしかなかった。見方によっては言い掛かりともとれる拡大解釈ではないか……。

「大津の誅の後はその場の空気が凍りついたようでございました。すでに一部の者は、大津が窃《ひそ》かに斎宮を訪れていたことを存じておりましたから、あの誅を耳にし、はっとしたのだと存じます」

「しかし伊勢神宮の祭主であった中臣意美麻呂が知らないはずがないと思うのですが……」

私幣禁断の制がそれほど重い罪ならば、一歩間違えば意美麻呂だって相当に危険だったはずではないか――そんな疑問が湧いた。

「伊勢神宮に参拝したわけではありませんし、意美麻呂どのには、そこまでの罪の意識はなかったと存じます。おそらくは大津に同情し、手助けしてくれたのでしょう」

謀反とは武力ばかりとは限らないということか――友一郎は頭の中で呟いた。


その頃、河島皇子から大津邸の情報が逐一、不比等のもとに報告されていた。しかし確たる謀反の情報はなかった。悪《あ》しき噂の中心人物であった新羅の僧行心《こうしん》も、大津皇子を慰め、励ましていただけだった。

しかし不比等にはそれで十分だった。不比等のもとには各地の反乱分子の情報や朝廷批判の情報が集まってきていた。謀反の話も噂だけでよかった。確たるものである必要はなかった。豪族たちの些細な揉め事やいざこざも謀反の兆候と見なされていった。無論、大津が伊勢の斎宮を訪れたものの、伊勢神宮には参拝していないことも分かっていたが、事実が捩《ね》じ曲げられて伊勢神宮へ祈願したとされ、つまり禁制の私幣を犯したことに摩《す》り替えられていた。そして大名児とのことも、斎宮のことも、殯の宮での謀の件も絡み合わされ、歪曲され誇張されて、すべて謀反の徴《しるし》とされた。

大津が謀をしたのが九月二十四日、その問題の日から八日目の十月二日、もはや謀反の疑いが確定的になったとして大津皇子は逮捕された。大津だけでなく、謀反に与《くみ》したとされる八口《やくちの》朝臣《あそん》音橿《おとかし》、壱伎《いき》連《のむらじ》博徳《はかとこ》ら三十余人も連座して捕らえられた。あっという間の措置だった。

非常に手際がよかった。

新羅の僧行心、大津の舎人《とねり》として仕えていた砺杵道作《ときのみちつくり》も捕らえられた。

行心は、「太子の骨法《こつぽう》、是《こ》れ人臣の相にあらず、此《こ》れを以ちて久しく下位にあらば、恐らくは身を全《また》くせざらむ」と大津皇子に逆謀を唆《そそのか》したということだ。わずかに理由が示されたのはこの行心ぐらいで、それ以外の者は、その意味も分からないままの捕縛だった。

そもそも行心の言とて事実であったかどうかは疑わしい。共通しているのは、いずれも大津と親しい者ばかりで、日頃から大津の邸を訪れている者たちであったということだ。

——俺は何もしておらぬ。するわけがないではないか！

大津の切なる訴えが館の中にこだました。

——皇子、あなたが人を集め、謀反の謀議をなさっていたことは、河島皇子からの訴えで明らかになってございます。

——馬鹿な。いつもの酒宴ではないか。旋文《しばしば》学の士を招き、時《よりより》に置醴《ちれい》（醴：濃厚な甘い酒）の宴《うたげ》を開いて愉んでいただけではないか。

——酒宴を利用し、近江の朝廷に心を寄せる者たちを集められ、飛鳥の朝廷を転覆する旨の謀議をなさっていたことは、河島皇子からの通報によって判明しております。それらの者の名前も発言内容もすべて判明しております。

――………。

大津は黙ったまま、顔をしかめた。

(河島め、なにゆえ俺を陥れた……。何が朝廷を転覆するだとぉ、何が発言内容も判明しているだとぉ、嘘を申すな。ありもせぬことをよくもぬけぬけと――。すべて捏造ではないか。偽りではないか……)

――八口朝臣音橿《やくちあそんおとかし》、壱伎連博徳《いきのむらじはかとこ》、中臣朝臣意美麻呂、巨勢朝臣多益須《こせのあそんたやす》、それに沙門行心《こうしん》に舎人の礪杵道作らの名があがっております。今、一人一人に尋問をしているところでございます。

――何ということを……。彼らは日頃から親しくしている者たち、彼らに謀反の考えなどさらさらないわ。

――壱伎博徳どのは、斉明五年(六五九)から第四次遣唐使に随行された方だ。我は彼から唐に随行したときの見聞を聴くのを楽しみにしていた。特に唐の百済征討時には百済に与《くみ》する者として不運にも長安に幽閉された。解放されたのは征討終了後だった。その生々しい話にはいつも魅了された。あの方は我が国にとって、かけがえのない外交官ではないか。

巨勢多益須は、河島皇子同様、漢詩仲間だ。いや河島は仲間などではない。その名を口にするのも穢らわしい。やつは卑怯な裏切り者だ……。

たしかに中臣意美麻呂は伊勢の斎宮に入ったときは案内をしてくれた。しかし、それは我が無理に頼んだもの。意美麻呂に罪はない。第一、意美麻呂はそなたの義兄《あに》ではないか。八口音橿は蘇我氏の流れを汲む者だが、学者肌の文人で誠実な人格者だ。謀反などとは縁遠い人物であることはそちも存じていよう。行人は仏法の師だ。なにーっ！　新羅王と通じているだとぉーっ！　どこにその証拠がある。作り話もいい加減にしろっ！

大津は必死で訴えた。怒りのままに相手を詰《なじ》った。しかし取り調べを行っているのは不比等だった。大津の弁明に動じる気配など微塵も見せなかった。

――それを今、取り調べしているところでございます。

――彼らは何も申していないであろう？　謀反の話などしたことがない。聞いたこともない！　いくら取り調べをしても、彼らは何も言うはずがない。

――それはこれからです。

――そのような事実などありはしない！　彼らをすぐに釈放してやってくれ。まさか拷問の上、無理に白状させようなどとは企んでいまいな！

――何も申し上げかねます。彼らの処遇も皇子次第です。

――俺は兄の皇太子を支えようとしていた。それがどうして謀反になるというのだ。

――皇子の誄《しのびごと》に謀反の疑いあり、という声もあがっております。皇太子をさしおいた言動があったと申す者もございます。只今それを調べております。

——高天原で父上にお会いしたいと申しただけではないか。

——それだけではありません。皇子が私幣禁断の制を破り、伊勢神宮に参拝されたとの報告が届いております。

——違う。たしかに斎宮には行ったが、伊勢神宮には参ってはおらぬ。

——それでも禁を犯し、伊勢の斎宮に行かれたのは事実でございます。

——たしかに禁を破ったのは認める。だが謀反とは何の関係もない。片腹が痛いわ。久しく会っていない姉にお会いしたかっただけのことではないか。

——皇子が斎宮に行くことは禁じられております。

——分かっている。それは先ほども申した。

——いいえ、分かってはおられませぬ。天照大神は天皇の皇祖神であり、守護神でございます。斎王はその天皇になり代わり天照大神に奉祭せしお方でございます。斎王が穢《けが》れれば、神のお怒りは必至、努々《ゆめゆめ》そのようなことはなかったとは存じますが、斎王の体が男の子《おこ》に触れられようものなら由々しきことでございます。亡き天皇は天照大神に祈願なされ、壬申の戦いに勝利なされました。その尊き神のお怒りを招くことは、新しき天皇にとって呪わしきことに他なりません。

——そんなつもりなど毛頭ないわ。

大津は斎宮での大伯との抱擁を思い出し、内心動揺していた。

——皇子にその気はなくとも、神のお怒りは鎮められませぬ。神に対する冒涜《ぼうとく》は国が滅ぶもととなります。

——大袈裟ではないか。意美麻呂がよく存じておる。意美麻呂に聞いてくれ。

——義兄《あに》、意美麻呂は大いに悔いております。

——意美麻呂に罪はない。我が勝手にしたことだ。意美麻呂はすぐに釈放してやってくれ。

——伊勢で意美麻呂と皇子との間で謀議がなかったか、今取り調べているところです。すべての取り調べが済みましたら、その上で——。

——皇后に会いたい。誤解だ。謀議などしてはおらぬ！　皇后に会って、直接、お話がしたい。

——申し訳ありません。それはできかねます。

——なぜだ……。

大津の肩が落ちた。

不比等が皇后に大津事件の報告をしていた。部屋には二人だけがいた。

——史どの、本当に大津は謀反を企てたのですか。私には信じられません。私は草壁が天皇になればそれでいいのです。草壁からその子軽皇子へと皇位が継承されていけばよいのです。これ以上、我が身内に不幸が重なることを望みませぬ。大津を助けてあげてください。

意外にも皇后が大津助命の嘆願をしているではないか。

——皇后のお気持ちはお察し申し上げます。皇后には申し上げにくいことではございますが、大津皇子の謀反の計画が判明いたしました。大津皇子は僧行心を通じて新羅の神文王に内通しておられました。筑紫の伴造《とものみやつこ》らや薩摩の隼人の力を利用しようと謀っておられました。かつて近江の朝廷に仕えた者や新羅系帰化人にも誘いをかけておられました。大隅、阿多（鹿児島県南部）や多褹《たね》（種子島）の隼人、肥《くま》（熊本県）の肥人《こまひと》などの多くは、いまだに朝廷に帰属しておりません。彼らは朝献を拒否し、機あらば叛乱を目論んでいるふしがあります。彼らは大津に接触しておりました。

——まさか……。

不比等の報告を疑っている皇后に対して、不比等が釘を刺すかのように言った。

——殯《もがり》が終わり次第、各地で蜂起する運びだったと思われます。

——うーっ……。

呻くように皇后が吐息を漏らした。信じがたかった。誰からもそのような報告など受けていない。これは不比等が捏造したことではないのか……そんな疑いが皇后の頭を過《よ》ぎった。

(そうは言っても大津は実の甥なのだ……これでは大津を助けようもないではないか……。

しかも大津の妃の山辺は母は違えど我が妹……)

報告の中には妹山辺皇女の名もあった。戸惑い、うろたえている皇后に対して、不比等は追いうちをかけるように言った。

――皇后、捕らえました者の中に壱伎連博徳《いきのむらじはかとこ》がおりましたが、彼《か》の者は近江朝の将軍壱伎《いきの》韓国《からくに》と同族でございます。その韓国は壬申の乱のおり、近江から河内を通り、二上山《ふたかみやま》の麓の當麻の衢《ちまた》で大伴吹負《ふけひ》軍に敗れ討死しております。巨勢多益須《こせのたやす》も近江の六大臣の一人で巨勢人《こせのひと》の一族。八口音橿も蘇我の末裔で朝廷には複雑な思いを抱く者……。面目ございませんが、大津皇子が禁を破って伊勢神宮と斎宮を訪れたとき、我が一族の意美麻呂もこの謀反に荷担したと疑われ捕らえられてしまいました。申し訳なきことでございます。

――中臣朝臣意美麻呂か……。そなたは存じておったのか?

――意美麻呂は大津に同情し、姉の大伯皇女に逢うことを黙認したのみにございます。

――再度訊きます。大津を釈放するわけにはいかぬのですか?　姉上に申し開きがたちませぬ。

それは皇后としての言葉ではなかった。一人の女人としての切ない懇願だった。

――皇后、ご容赦を……。ただ、大津以外の者の罪は軽いと思われます。できるだけ早く放免するつもりでおります。

――そうか……。

皇后は、それだけ言うのが精一杯だった。不比等の方も辛かった。

大津を含め、捕らえられた彼らに現朝廷に対する不満がなかったとはいえない。しかし盗賊、誣妄《ふぼう》、妖偽《ようぎ》等々……各地で不穏な空気が渦巻いているとはいえ、それらに大津らが関与していたという形跡は見つからなかった。しかし、この不穏な動きを、大津一派が利用しないとも限らない。百済と新羅の確執は今も続いている。……皆は忘れてはいまいか、世にはまだまだ暗殺や紛争が頻発していることを――不比等はそう理屈づけた。

大津を謀反のかどで抹殺することは、大乱を未然に防ぐための致し方のない、いわば予防的措置だ。許せ、大津。則天武后《そくてんぶこう》が支配する唐、高句麗《こうくり》残党による建国の動き（後の渤海《ぼっかい》）など朝鮮を取り巻く国際情勢は厳しい。亡国の民が散らばっている。国内の乱れは唐や新羅からつけ込まれる因《もと》となる。災いの萌芽はすべて摘み取らねばならぬ。たとえそれが冤罪であってもだ。そのためには皇后の心が鈍らぬよう、後悔されぬよう、うまく取り繕わねば……すべてはこの不比等の腹一つ……。

大津は必死に無実であることを訴えた。しかし釈明する機会は与えられなかった。必死の訴えも空しく、皇后に会うことも許されず、大津は翌日、訳語田《おさだ》の邸で自害した。あまりに早い刑の執行だった。

この時期、大宝律令は成立していないが、日本の律（刑法）の母法となった唐律では、重い順に謀反《むへん》・謀大逆《ぼうたいぎやく》・謀叛《むほん》・悪逆《あくぎやく》・不道《ふどう》・大不敬《だいふけい》・不孝《ふきょう》・不睦《ふぼく》・不義・内乱が十悪として掲げられている。後に成立する日本の養老律では、十悪から不睦・内乱を除いたものを八虐《はちぎやく》とし、大辟罪《だいびやく》（死罪）とされた。なかでも謀反は国家を危うくせんとする天下の大罪であった。

同じく養老令では、悪逆以下の場合は皇親や五位以上の者にあっては家で自害することが認められた。逆に謀反については、たとえ皇親であっても斬首とされた。したがって大津は、本来なら見せしめとして市《いち》で斬首されるべきところであったが、さすがに皇后も、それだけは忍び難かったのであろう。皇后の精一杯の温情によって、訳語田の自邸で自害することが認められたのである。不比等もそこまでは拒絶せず、皇后の意を汲んだのであった。

大津の身柄は裁きのあった刑部省《ぎようぶしよう》から訳語田の邸まで移送されることとなった。養老令に「皇親は馬に乗ることを聴《ゆる》せ」とあるように、縄で捕縛されたままとはいえ、馬に乗ることが許されたのがせめてもの救いだった。

今や囚俘《しゅうふ》の身となった大津を護送する一行が、磐余池《いわれのいけ》の畔《ほとり》を通過した。大津が馬上からふと目をやると、西の空に傾いた太陽が涼風に靡《なび》く豊旗雲《とよはたぐも》とともに黄金色《こがねいろ》に輝いていた。池の堤での大名児との逢瀬が切なく思い出された。

大津皇子、死を被《たまわ》りし時に、磐余《いわれ》の池の堤《つつみ》にして
涕《なみだ》を流して作らす御歌一首

百伝《ももつた》ふ　磐余《いはれ》の池に　鳴く鴨《かも》を　今日《けふ》のみ見てや　雲隠《くもがく》りなむ

〔『万葉集』巻三・四一六〕

大津は死に際し漢詩を残した。己の短い人生を回顧して作った詩だった。
尼僧はその大津の臨終詩を哀しげに読み上げた。

金烏臨西舎　金烏西舎《きんうせいしゃ》に臨《て》らひ
鼓声催短命　鼓聲短命《こせいたんめい》を催《うなが》す
泉路無賓主　泉路賓主《せんろひんしゅ》なし
此夕離家向　この夕《ゆうべ》、家を離《さか》りて向う

(『懐風藻』)

――なぜだ！　なぜ、俺は死を賜らねばならぬのだ。いったい俺が何をしたというのだ！

大津の魂が叫んでいるようだった。大津の命が消えたあとの沈鬱な空気のなかで、その悲痛な声だけがこだましているようだった。耳にこびりつくように、いつまでも響いていた。

一人の女が悲鳴をあげて大津の体にすがりついた。妻の山辺皇女である。彼女の悲泣が主《あるじ》がいなくなった訳語田の邸に響き渡った。やがてその叫哭はすすり泣く声となって、なおさらに悲しみを誘っていた。彼女の悲痛な泣き声に、大津を捕縛してきた者たちも涙を抑えることはできなかった。

大津の遺体は香具山の背後に続く山の奥深くに埋められることとなった。人知れず亡骸《なきがら》が運ばれていった。日は落ち、西の彼方の二上山が濃紺の陰影となって横たわっていた。仄《ほの》かな残照が、二上・葛城連峰の上に棚引く雲を不気味な紫色に染めていた。初冬の風が冷たかった。

大津皇子、享年二十四歳。こうして一人の若く有能な皇子が散華した。その日、西の夜空を星が流れ落ちるのが見えた。

絶命した後の、大津皇子の見開いた目が恐ろしかった……大津の憤怒の形相《ぎょうそう》があまりに恐ろしく、一生忘れられないと刑に立ち会った者たちが語っていた。宣《むべ》なるかな、大津の無念がその形相に顕れていた。やがてそれは人々の噂となって広がっていった。

大津の処刑後、意外にも早く、僧行心《こうしん》と礪杵道作《ときのみちつくり》を除く全員が釈放された。行心の身柄は飛騨の寺に移された。

大津の刑の執行の早さとそれ以外の者の刑の軽さがあまりに不自然だった。人々は口々に噂した。大津は嵌《は》められた……罠ではなかったのか、冤罪だったのでは……と。

「山辺皇女《やまのべのひめみこ》の死も、それはそれは痛ましいものでした――」

『日本書紀』に、「后皇女《みめひめみこ》山辺、被髪《かみをみだ》し徒跣《すあし》にして奔赴《はしりゆ》きて殉《ともにみまか》る」とある。

「私にもその惨劇が目に浮かぶようです……。ところで、大津皇子との間に子はなかったのですか？」

話が山辺皇女に及んだところで、友一郎は思いついたように質問した。ふとそのことが気になった。

「……一人いました……」

しばらく考えた後、尼僧は言いづらそうに言った。

「えっ、知らなかった。……それで、その子の名は？」

「粟津《あわつ》王と申します」

「粟津王……で、その粟津王はどうなったのですか？」

「存じません。山科のどこかに匿《かくま》われているという噂は耳にしたのでございますが……。どこか遠くへ配流《はいる》されたような話もございました……」

「そうですか……」

大津皇子に子がいたことなど聞いたことがない。正直、友一郎は驚いた。

天皇や皇族の系図を著した『本朝皇胤紹運録《ほんちようこういんじようううんろく》』に、大津皇子の子として粟津王が登場する。そして様々な言い伝えはあるものの、粟津王のその後は不明である。確かな消息を知るものは誰もいない。

「『日本書紀』には粟津王のことは書かれていませんが……」

友一郎の呟きに彼女は答えなかった。

尼僧の目には涕《なみだ》が光っていた。改めて、ただ一人の弟を失った姉の寂しさが思いやられ、友一郎の胸は痛んだ。彼女の涕が友一郎に目に映って、その涕の光が乱反射して広がっていったかと思うと、彼の意識もその光の中に拡散するかのように、ふうーっと遠のいていった。

大津が処刑されたのが旧暦の冬十月、その翌月の十一月に大伯は斎王の任を解かれた。謀反人の姉として伊勢の神に仕えることができなくなったからだと噂する者もいたが、それは勝手な作り話だ。元来、斎王の務めは天皇《すめらみこと》が生きている間だけと決められている。天渟中原《あまのぬなはら》瀛真人天皇《おきのまひとのすめらみこと》の代わりに天照大神に奉献するのが斎王としての大伯の役目なのだから……。しかしあれ程早く都に帰りたいと待ち望んだ斎王の解任が最愛の大津の死後になるとは……何という惨《むご》さなのだ……。大伯は涕《なみだ》した。

凩《こがらし》が吹き始めた寒い日だった。都ははるか西の彼方《かなた》にある。斎王大伯の群行は、五百人も連ねた平安時代のものほど豪華ではなかったが、それでも大伯の乗った輿《こし》は十二人の駕輿《かよ》丁《ちょう》によって担がれ、前後は騎馬の武人たちによって守られていた。輿の乗ることができるのは天皇と皇后、それに斎王だけである。それは鄙《ひな》の者を驚嘆させるには十分に壮麗な群行であったが、大伯にはそんな感慨など微塵《みじん》もなかった。

高貴な輿といえども風を防いでくれるのはわずか帳《とばり》一枚のみである。険しい青山の峠や宇陀《うだ》の冬枯れの山道を、冷たい凩に向かって進む輿の中は底冷えがした。都へ帰れるという喜びなどさらさらない。言うに言えぬ辛さだけが堪《こた》えた。喋る者もいない。まるで死者の葬列の如く、それぞれの思いを秘めた沈鬱な都への帰路であった。

辛い道中を終え、ようやくのことで都に辿《たど》り着いたと思った矢先、地震が都を襲った。山が揺れた。皇后にも、朝廷の者たちにも、都の民にも、一昨年の白鳳地震の記憶が蘇ってきた。何かの悪い予兆《きざし》なのか、誰もが不吉な思いに襲われていた。

大津皇子の薨《こう》ぜし後に、大伯皇女、伊勢の斎宮《いつきのみや》より京《みやこ》に上る時に作らす歌二首

神風《かむかぜ》の　伊勢の国にも　あらましを　何しか来《き》けむ　君も有《あ》らなくに

〔『万葉集』巻二・一六三〕

見まく欲《ほ》り　我がする君も　あらなくに　なにしか来《き》けむ　馬疲《つか》るるに

〔『万葉集』巻二・一六四〕

都に帰り、悲しみに打ちひしがれた大伯が詠んだ歌である。大伯は悲嘆の日々を過ごした。来る日も来る日も、ひたすら泣きくれるばかりだった。生きていく気力が失せていた。伊勢の国にその儘《まま》とどまっていた方がよかったのに、君（大津皇子）のいない都に、私は何をしに還《かえ》って来たのであろうか……。

三　〈天の二上〉への移葬

天武天皇崩御、そして大津皇子が刑死した翌年の持統称制元年（六八七。天武天皇崩御の翌年を持統称制元年とし、以後持統天皇在位期間中は、この持統称制で数えられる）九月、新羅の王子

金霜林《こんそうりん》らが派遣されてきた。天武天皇薨去《こうきょ》のことは新羅に正式には伝えられていなかったが、彼らは朝貢の機会を利用して天武の殯《もがり》に参列した。新羅の者たちは心から発哭《みね》し哀悼の意を表した。

新羅王子は神文王《しんぶんおう》から託された『大般若経』を大津供養のために薬師寺に奉納した。ただしこれは極めて秘密裏に行われた。大津皇子事件に連座して処分された新羅僧行心のことがあったため、朝貢の機会が利用されたのであるが、それだけに細心の注意が払われた。

学問僧智隆《ちりゅう》が一行と共に新羅に帰国した。行心のことを本国に報告することが主な目的であった。新羅は日本における理解者を失ったことについて大きな衝撃を受けていた。

翌持統二年（六八八）、朝廷は田中朝臣法麻呂《たなかのあそんのりまろ》らを遣わし、天武天皇の喪を正式に新羅に告げた。ところが新羅第三位相当の位階である蘇判《そうかん》の者が対応した。法麻呂は、「孝徳天皇崩御のときの奉勅は新羅第二位である翳飡《えいさん》の者であった。ところが今回は新羅第三位の者を用いてきた。これは前例に反する。よって我が詔は奉宣することができない。無礼である」として帰国してきた。日本は面子《めんつ》にこだわった。

当時の日本は新羅から多くのことを学んでいた。律令編纂にも新羅の帰化人の力を借りねばならなかった。にもかかわらず九月には新羅王に対して反省を求める詔《みことのり》を出すなど朝廷には蕃国《ばんこく》新羅観が支配していた。新羅の者たちは悔しさを滲ませたが、唐の圧力に対抗するために日本の機嫌を損なうことはできなかった。背後に百済人官僚がいることも悔しさを増加させた。そして天武や大津皇子がいないことを嘆くのだった。

持統三年、草壁は体調を崩した。薬を処方する内薬司が呼ばれた。はじめは単なる風邪かと思われたが、思いのほか治りが遅かった。不安を感じた皇后は不比等に相談した。

——史どの、草壁を助けてください。いったいどうしたというのですか。あれほど元気でしたのに……。すべての者の罪を赦免してください。

皇后は焦っていた。三月、草壁の恢復を念じて天下に大赦が詔された。大赦の中には大津も含まれていた。かつて大津の罪はもっとも重い謀反であったが、特別にその罪をも赦そうというのである。

初めは高を括《くく》っていた皇后も、目に見えてやつれていく皇太子の哀れな姿を見るにつけ、気が動顚し、藁《わら》をも掴《つか》む思いで不比等に救いを求めた。

——分かりました。侍医《おもとくすし》だけでなく、良き陰陽師《おんみょうじ》や咒師《しゅし》も探しましょう。皇后、大丈夫です。

——史どの、よろしくお願いします。そなただけが頼りです。

不比等は黙ったまま頷き、皇后の前から退出していった。

まもなく草壁のもとに陰陽師や咒師が呼ばれ、唐や新羅からも新しい薬草が運び込まれた。当然のことながら、この中には新羅出身の者も含まれていた。

最高のメンバーによって最新の治療が施された。すべては不比等の指示と監視のもと、極秘裏に事が運ばれた。しかし草壁の容体は、一向によくなる気配を見せなかった。

――草壁の病は大津の怒りのせいです。わが祖母天豊財《あめとよたからいかし》重日足姫天皇《ひたらしひめのすめらみこと》（斉明）が九州の朝倉宮《あさくらのみや》で突如薨《みまか》られたとき、宮中に鬼火が現れ、大舎人《おおとねり》や近侍《きんじ》する者たちが次々と病に倒れ、亡くなっていきました。民は蘇我臣入鹿が玉座の前でとり殺されるのを、天皇が見殺しにしたため、入鹿の怨霊に殺されたのだと噂いたしました。ああ、大津の怨霊がわたしたちを苦しめているに相違ありません。

皇后は狼狽《うろた》えていた。彼女の病んだ心の中では大津のすさまじい形相が黒い影となって、彼女を苦しめていた。

たしかに、その年は雨も降らず大地が乾き、ひび割れていた。天神地祇《てんしんちぎ》が、いや大津が怒《いか》っているに違いない――、皇后を含め、周りの者の不安は増すばかりだった。

尼僧は曰くありげに語り始めた。そのひと言ひと言に底知れない暗闇が広がっているように思えた。

「……父が薨《みまか》り、無惨にも大津が処刑されました。そして皇太子が病に伏せてしまわれました。これは祟《たた》られているとしか思いようがございません。朝廷に動揺が走りました。さすがの皇后も不安におののかれました」

「大津のせいだと……」

「人はいろいろと噂いたしました。私も伊勢の斎王《いつきのみこ》の任を解かれ、伊勢から帰着したときにも恐ろしい地震が起こりました。……天《あま》つ神、国《くに》つ神の怒りではないか、やはり大津は冤罪《えんざい》だったのだ——といった類《たぐい》の噂でございます……」

そう言うと、彼女はしばらくの間、目を閉じていた。草壁の急病の裏に不比等の陰があったことを知ってか知らずか、尼僧は不比等のことは口に出さなかった。

友一郎は黙って尼僧の次の言葉を待っていた。

「皇后は精神的に参っておられました。このままではもっと怖ろしい災厄が降りかかるに違いないと。周りの者たちも狼狽《うろた》えるばかりです。ああ、天《あま》つ神、国《くに》つ神が怒っておられると……」

彼女は同じ言葉を繰り返した。それだけ怯えているようにも見えた。

処刑に立ち会った者たちは、大津の凄まじいまでの憤怒の顔が忘れられなかった。頭にこびりついていた。それは噂となって人々に伝播《でんぱ》されていった。いったん恐怖に蝕《むしば》まれた意識は、闇の中に、また夕暮れの空に横たえる不気味な黒雲に、大津の形相を甦らせた。人々は大津の黒い影を怖れ続けた。

大赦により、大津皇子の亡骸は急遽、二上山《ふたかみやま》に移葬されることとなった。この決定には不比等、大嶋と当麻真人国見と智徳《ちとこ》が関わり、大伯皇女の意も参酌された。茫然自失の状態であった皇后は、この決定に非を唱えることはなかった。

磯の上に　生《お》ふる馬酔木《あしび》を　手折《たを》らめど　見すべき君が　ありといはなくに

〔『万葉集』巻二・一六六〕

この歌の題詞に「大津皇子の屍《かばね》を葛城の二上山に移し葬《はぶり》し時、大伯皇女哀傷して作られた御歌二首」とあるように、大津が二上山に移葬された際に大伯皇女が詠んだ歌とされている。早瀬のほとりに生えている、この美しい馬酔木の花を手で折りもしようが、その花をお見せする弟の君は、もはやこの世に生きておられない……。

二上山は、伊勢の斎宮のちょうど真西、いわゆる〝太陽の道〟の西の彼方に聳《そび》える山である。大伯にとっては、太陽が沈むたびに思い起こした心象の山でもあった。伊勢の斎宮から伊勢三山に沈む夕日を眺めながら、大和の二上山に沈む夕日を懐んだ日々のことが思い出されたのだった。

「それで二上山に登ってみることにいたしました。頂からは茅渟《ちぬ》の海（和泉沖の大阪湾）を彼方に望むことができました。茅渟の海は大伯の海、博多の娜《な》の大津や志賀の海にも繫がっております」

尼僧は感慨深げに語った。たしかに海は、海人たる大海人皇子、そしてその子大津の名前に相応しいと思えた。

友一郎は、大津の移葬の意味を考えていた。そして中臣祓詞《なかとみのはらえことば》を思い返していた。

——国《くに》つ神《かみ》は高山《たかやま》の末《すゑ》　短山《ひきやま》の末《すゑ》に上《のぼ》り坐《ま》して　高山《たかやま》の伊褒理《いぼり》　短山《ひきやま》の伊褒理《いぼり》を掻《か》き別《わ》けて聞《き》こし食《め》さむ　此《か》く聞《き》こし食《め》してば　罪《つみ》と言《い》ふ罪《つみ》は在《あ》らじと　科戸《しなど》の風《かぜ》の天《あめ》の八重《やへ》雲《ぐも》を吹《ふ》き放《はな》つ事《こと》の如《ごと》く　朝《あした》の御霧《みぎり》　夕《ゆうべ》の御霧《みぎり》を　朝風《あさかぜ》　夕風《ゆうかぜ》の吹《ふ》き払《はら》ふ事《こと》の如《ごと》く　大《おほ》津辺《つべ》に居《を》る大船《おほふね》を　舳《へ》解《と》き放《はな》ち　艫《とも》解《と》き放《はな》ちて　大海原《おほうなばら》に押《お》し放《はな》つ事《こと》の如《ごと》く　彼方《をちかた》の繁木《しげき》が本《もと》を　焼鎌《やきがま》の敏鎌《とがま》以《も》ちて　打《う》ち掃《はら》ふ事《こと》の如《ごと》く　遺《のこ》る罪《つみ》は在《あ》らじと　祓《はら》へ給《たま》ひ清《きよ》め給《たま》ふ事《こと》を　高山《たかやま》の末《すゑ》　短山《ひきやま》の末《すゑ》より　佐久那太理《さくなだり》に落《お》ち多岐《たぎ》つ　速川《はやかわ》の瀬《せ》に坐《ま》す瀬《せ》織津比売《おりつひめ》と言《い》ふ神《かみ》　大海原《おほうなばら》に持《も》ち出《い》でなむ　此《か》く持《も》ち出《い》で往《い》なば　荒潮《あらしほ》の潮《しほ》の八百道《やほぢ》の八潮道《やしほぢ》の潮《しほ》の八百会《やほあひ》に坐《ま》す速開都比売《はやあきつひめ》と言《い》ふ神《かみ》　持《も》ち加加呑《かかの》みてむ　此《か》く加加呑《かかの》みてば　気吹戸《いぶきど》に坐《ま》す気吹戸主《いぶきどぬし》と言《い》ふ神《かみ》　根国《ねのくに》　底国《そこのくに》に気吹《いぶき》き放《はな》ちてむ……

「磯とは早瀬のこと、すなわち中臣祓詞にあった〈速川の瀬〉のことではありませんか。あなたは瀬織津比売《せおりつひめ》になり代わり、大津の罪を〈天の二上〉から流れ出る〈速川の瀬〉に流した。やがてその速川は広瀬の神の傍《かたわら》を通って大和川から流れていった……。その罪はあなたたち二人の父大海人のふるさと、つまり〈大海原〉へと流れ出ていった。その〈大海原〉は、あなたの生まれた邑久《おく》（大伯）の海にも、大津皇子が生まれた娜《な》の海へも続いている。大津の罪は大海人が受け止めた――そんな思いが込められたのが〝中臣の大祓《おおはら》え〟なのではありませんか？」

突拍子もないことを言っていることは自分でも分かっていた。それでも彼女の反応を待った。〈高山〉〈短山〉〈大海原〉〈大津辺〉〈速川の瀬〉という言葉が頭にこびりついて離れなかったからだ。

彼女は哀しそうな表情を浮かべていた。辛い記憶が蘇ってきたのか、友一郎の問いに答えようとはしなかった。

大海人皇子の名は、その乳母だった大海氏《おおしあま》の名に由来する。それゆえ天武天皇の誄《しのびごと》の口火を切ったのは壬生《みぶ》のことを述べた大海宿禰蒭蒲《おおしあまのすくねあらかま》だった。大海氏は凡海氏《おおしあま》とも称し、海部《あまべ》を率いた氏である。つまり大海人皇子（天武）は海人の長《おさ》である大海氏に育てられた皇子だった。

大海人皇子は、わが子に海の名を冠した。ただ草壁皇子には海人の名をつけずに、大田皇女の子にだけ海の名である大伯や大津という名を付したのは、特別な思い入れがあったからではなかろうか。その子たちこそ大海人皇子を嗣《つ》ぐ者だと心に決めていた——友一郎は尼僧の返答を待つ間、そんなことを考えていた。

しばらく黙っていた彼女は、彼の心の中を見透かしたかのように、

「瀬見《せみ》の小川に綿《わた》かけて今日水無月《みなづき》の祓《はら》えするその人々の命こそ千歳《ちとせ》をのぶといふなり」

と呟くような小さな声で歌った。

「それは……？」

友一郎が尋ねると、尼僧は、

「ある巫女舞の歌です。すべて詮無《せんな》きことではございますが……」

と顔色を曇らせ、そして口をつぐんだ。

『古事記』によると、海の彼方には〈海坂〉と呼ばれる境界があり、その向こうは異界であると……。また『日本書紀』には、建王《たけるみこ》がわずか八歳で亡くなったとき、祖母である斉明天皇が、悲しみの中で詠んだ歌が載せられている。

山越えて　海渡るとも　おもしろき　今城《いまき》の中は　忘らゆましじ

水門《みなと》の　潮《うしお》のくだり　海《うな》くだり　後《うしろ》も暗《くれ》に　置きてか行《ゆ》かむ
愛《うつく》しき　吾《あ》が若き子を　置きてか行かむ

「大津が移葬された後、私は来る日も来る日も二上山を眺め遙拝いたしました。ときには二上山の麓まで参り、大津を供養しました。中臣寿詞に宣《の》られた〈天《あめ》の二上《ふたかみ》〉から流れくる天つ水の清らかでしたこと……。早瀬の音を聞き、思わず水の流れに手をやりました。その冷たさが私の気持ちを鎮め、清めてくれました。そんなとき、ふと早瀬の上に咲いている馬酔木の花に目がいったのです。白く慎ましやかに咲いている馬酔木の花に安らぎを覚えました。しかしそのとき急に、大津が死んだという実感がこみ上げてきたのでございます。大津はもうこの世にはいないのだと……」

彼女は涕《なみだ》を浮かべていた。

「天つ罪も〈天の二上〉から流れくる早瀬に流され、それで大津皇子の魂は鎮められたということですか……」

友一郎の呟きは、問いとも独り言ともとれないものだった。

「その日、私は紀皇女《きのひめみこ》・田形皇女《たかたのひめみこ》といっしょでした。彼女たちの母大蕤娘《おおぬのいらつめ》と、山辺皇女の母常陸娘《ひたちのいらつめ》は実の姉妹です。二人は私を慰めてくれました。彼女らは彼女らで、山辺を弔っていたのです」

尼僧は、小声で洩らすように呟き、目を閉じた。しばし思い詰めたように何かを考えていた。悲しげで、深いしじまのような沈黙が森厳な空気を支配していた。

なお後に、田形皇女も伊勢の斎王となって旅立っていった。

「死者の魂は黄泉《よみ》の国に昇ってまいります。それゆえ屍《しかばね》は山に葬られ、その穢れは海坂の向こうまで流されていきます。……高山《たかやま》の末《すゑ》　短山《ひきやま》の末《すゑ》に上《のぼ》り坐《ま》して　高山《たかやま》の伊褒理《いぼり》　短山《ひきやま》の伊褒理《いぼり》……、私にとって、それは〈天の二上〉の雄嶽《おだけ》と雌嶽《めだけ》……」

山中他界、海坂、そして異界――友一郎はそんなことを思い浮かべていた。

四　草壁の謎の死

大津の亡骸《なきがら》は聖なる〈天の二上〉に改葬され、これで草壁の病も治るかと思われたが、容体は悪化するばかりだった。改葬からひと月も経たないうちに容体は急変し、草壁はあっけなく息を引き取った。

その死は、大津皇子の死以上に謎に包まれていた。

「皇太子が薨《みまか》られたときの皇后の嘆きようは、喩《たと》えようもございませんでした。皇后の悲鳴と慟哭が大殿《おおどの》から朝廷に響き、宮門の外まで聞こえてきたそうでございます」

持統称制三年夏四月に草壁皇子が薨去《こうきょ》したことが『日本書紀』に書かれている。死に至る原因については一切記されず、ただ薨った事実だけが書かれている。大津を称揚した記事のことを考えると明らかに不自然だ。『書紀』は、何か重要な事実を隠蔽《いんぺい》しているのではないかとさへ思えてくる。

けころもを　時かたまけて　出《い》でましし　宇陀《うだ》の大野《おほの》は　思ほえむかも

〔『万葉集』巻二・一九一〕

狩りの時節が来た。日頃の官衣を脱ぎ捨て、騎乗の人となられた日並皇太子《ひなみしのひつぎのみこ》が宇陀の大野に向かわれた。その颯爽《さつそう》としたお姿が目に焼き付き、この先も思い出されることだろう……。

これは名もなき舎人《とねり》が草壁皇子の死を悼んで詠んだ歌である。この歌からは、草壁が病弱だったイメージは湧かない。

軽皇子（後の文武天皇）が宇陀の阿騎《あき》の野に出かけたときの、父草壁を偲ぶ皇子の思いを柿本人麻呂が詠んでいる。

東《ひむかし》の　野に炎《かぎろい》の　立つ見えて　かへり見すれば　月傾《かたぶ》きぬ

〔『万葉集』巻一・四八〕

日並《ひなみし》の　皇子の尊《みこと》の　馬並《な》めて　み狩立たしし　時は来向《き》かふ

〔『万葉集』巻一・四九〕

「軽皇子は、子供の頃、父に連れられて阿騎《あき》の野に狩に行ったときのことが忘れられなかったようです。頼もしき父の在りし日の思い出だったのでございましょう」

病弱のイメージとは異なる騎乗の凛々しき父親像ではないか……。

大津皇子の処刑の三年後、ライバル草壁皇子も亡くなった。何かの陰謀が蠢《うごめ》いているように思えてならなかった。

――史どの、大津にとった措置は誤りではなかったのではありませんか……」

皇后は力なく不比等に尋ねた。彼女は罪悪感に苛《さいな》まれていた。そして大津の亡魂《ぼうこん》に怯えていた。

——心中、お察し申し上げます。しかし国の乱れを防ぎ、唐から国を守るためにはやむを得なかったことと存じます。

不比等は以前から皇后に申し述べていることを繰り返した。しかし不比等の言葉も慰めとはならなかった。皇后はますます元気を失い、見る影もないほどにやつれていった。

九月、見るに見かねた河島皇子が皇后の気を安らげるために紀の温泉《きのゆ》に誘った。かつて斉明天皇が行幸された場所である。大津皇子の死についての秘密を共有し、心に傷を負う二人であるからこその旅だった。この時、河島皇子が詠んだ歌が『万葉集』に残っている。

紀伊国に幸せる時に、河島皇子の作らす歌

白波の　浜松が枝《え》の　手向《てむけ》くさ　幾代《いくよ》までにか　年の経《へ》ぬらむ

〔『万葉集』巻一・三四〕

——史どの、覚えておられますか、黒作懸佩刀です。

——はい。

皇后は紀伊国から帰ると不比等を呼び、草壁が所持していた黒作懸佩刀《くろづくりかけはぎとう》をそっと差し出した。不比等が躊躇《ちゅうちょ》していると、皇后は小さく手招きした。皇后の横には阿閇皇女《あへのひめみこ》と軽皇子が控えていた。

——どうぞ、これをそなたのもとでしかと預かってください。

不比等は俯いたまま前に進み出、刀を拝むように受け取ると、そのままの姿勢で後ろに戻り着座した。そして改めて床にひれ伏すように頭を下げた。

不比等が低頭している間に、皇后らは何も言わず退室していった。

一人残された不比等は日本の存立と外交を考え、日本の行く末のことを考えていた。幼少の頃より父鎌足から、兄定恵《じょうえ》を危険な渡海をさせてまでも唐へ勉学の旅に出したことの意味を教えられていた。百済が滅び、父鎌足の周囲には危機感が渦巻いていた。それゆえ不比等は少年の頃から政治や外交の厳しさを体感していた。国の存亡をかけた外交の厳しさの前に、皇位争いなどは愚かしいことであった。

第四章　容止墻岸《ようししょうがん》・器宇峻遠《きうしゅんえん》の面影

一　持統天皇の悔恨

不比等はこの年の二月、初めて直広肆《じきこうし》という位階が与えられた。直広肆は後の従五位下に相当する。あわせて判事《はんじ》という職が与えられた。判事は刑部省《ぎょうぶしょう》に属し、裁判や法の適用を司る職で、法に通じ、公平無私、清廉高潔であることが求められた。このとき不比等は三十一歳になっていた。

こうして不比等は政《まつりごと》の表舞台に登場した。それまでの彼の存在感を考えれば、まことに不気味なデビューであった。不比等の登場と引き替えに草壁が息を引き取ったかのようにも思えたが、さすがにそれを関連づけて考える者はいなかった。

天武と大津の死から四年が経過した持統称制四年（六九〇）正月、ついに鸕野讚良《うののさらら》が即位した。持統天皇の誕生である。即位に際して中臣朝臣大嶋が高らかに中臣寿詞《なかとみのよごと》を奏上した。

そのおり、物部麻呂《もののべのまろ》が大盾《おおたて》を樹《た》て、忌部色夫知《いみべのしこぶち》が神霊《かみのしるし》の剣《つるぎ》と鏡を奏上した。奏上に際して、寿詞の中にある〈天《あめ》の二上《ふたかみ》〉の井から汲み上げられた〈天つ水〉が天皇に捧げられた。しかし持統は、大津皇子が葬られている〈天の二上〉の水に口をつけようとはしなかった。

草壁の死で元気を失った持統は、ひたすら薬師寺の建立を続けた。薬師瑠璃光如来にすがろうとしていた。

友一郎の瞼が開いたのを見て、尼僧は語り出した。

「私は思い返しました。持統天皇の母も、私や大津の母、大田皇女の母も同じ遠智娘《おちのいらつめ》であったことを……。遠智娘は、父蘇我倉山田石川麻呂《そがのくらやまだのいしかわのまろ》が自害した悲しみの余り、自らも後を追って命を絶たれました。しかも石川麻呂を密告されたのは、その弟日向《ひむか》であったという皮肉……。そしてそのような讒言《ざんげん》をろくに調べもなさらずに石川麻呂を攻めたてられたのは他ならぬ父、中大兄《なかのおおえ》であったという酷《むご》い現実、こんな理不尽がありましょうや。持統天皇、いや叔母も運命に弄《もてあそ》ばれた不幸な方だったのです」

後に日向の讒言《ざんげん》であることが判明し、遠智娘の娘である鸕野讃良は祖父石川麻呂の遺志を継いで山田寺の工事を続行させせた。そして天武十四年（六八五）、祖父や母の死から三十六年の歳月をかけて寺を完成させていた。そのとき彼女は、父天智に対してどのような思いを抱いていたのであろうか。

彼女にしてみれば、自分の父が罪なき母と祖父を殺したに等しい。その不幸な死を遂げた母と祖父を供養するためであろうか、山田寺の塔の心柱に「浄土寺」と刻んだことが『上宮《じょうぐう》聖徳法王帝説《しょうとくほうおうていせつ》』の裏書に書かれている。しかも彼女は金属の椀の中に種々の珠玉、金銀の壺を入れ、青瑠璃の瓶の中に仏舎利を納めている。そうして母と祖父を手厚く弔った。この不幸な事件で連座した一族の者たちが、ラピスラズリの青い光溢れる東方浄瑠璃《じょうるり》世界の仏、薬師瑠璃光如来に救済されることを願ったのであろうか。

冷徹なイメージを持たれがちな持統天皇も、夫天武と我が子草壁を悼み、大津の死を悔やみ、薬師浄土に救いを求める一人の傷ついた女人にすぎなかった……。

「千年以上もの時が過ぎ、ようやく私にも叔母の気持ちが理解できるようになって参りました」

尼僧は静かに呟いた。気のせいか、その顔が優しくなっていた。

文武元年（六九七）冬十月、持統念願の薬師寺建立もほぼ完成に近づいていた。

……けれども畝傍山《うねびやま》の北西には、いつも二上山《ふたかみやま》が見えた。

（ああ、あの山だけは見たくない。大津が我を睨《にら》みつけている……。大津、許しておくれ……）

持統天皇は、二上山から逃れるように吉野への行幸を繰り返した。新嘗祭《にいなめさい》のたびに天の二上の聖水が二上山から運ばれ、天皇の食膳に奉られていたが、藤原京完成後は藤井が原の御井《みい》の聖水に改めさせた。「藤原宮の御井の歌」が『万葉集』に納められている。

やすみしし　わご大君《おほきみ》　高照《た》らす　日《ひ》の皇子《みこ》　荒《あら》たへの　藤井《ふじゐ》が原に　大御門《おほみかど》　始めたまひて　埴安《はにやす》の　堤《つつみ》の上に　あり立たし　見《め》したまへば　大和の　青香具山《あをかぐやま》は　日の経《たて》の　大き御門《みかど》に　春山と　しみさび立てり　畝傍《うねび》の　この瑞山《みづやま》は　日の緯《よこ》の　大き御門に　瑞山と　山さびいます　耳梨《みみなし》の　青菅山《あをすがやま》は　背面《そとも》の　大き御門に　宜《よろ》しなへ　神《かむ》さび立てり　名ぐはしき　吉野の山は　影面《かげとも》の　大き御門ゆ　雲居《くもゐ》にそ　遠くありける　高知《たかし》るや　天《あめ》の御蔭天知《みかげあめし》るや　日の御陰の　水こそは　常にあらめ　御井《みゐ》の清水《きよみづ》

〔『万葉集』巻一・五二〕

（大津が葬られている〈天の二上〉の水を食することは辛い。藤原の地にある御井の水こそ、朕が食する「御膳《みけ》つ水」……、そして吉野は山紫水明、神仙の地、我と大海人との思い出の地……。吉野にいると心が安らぐ……）

持統にとって、藤原京から望める二上山は大津が眠る山、それに対して吉野山は夫と決死の覚悟で再起した思い出の地であり神仙境でもあった。持統の精神状態は不安定だった。不比等はそんな持統を励まし、支えた。

やはりどう見ても、持統天皇の吉野宮への行幸は異様としか言いようがない。

持統三年に二回、四年には二月・五月・八月・十月・十二月の計五回、五年には四回、六年は三回、七年には三月・五月・七月・九月・十一月の計五回も行っている。その後も吉野宮行幸は続き、十年間で三十二回にも及んだ。

持統天皇の心は病んでいた。政《まつりごと》は不比等らが支えた。

持統八年（六九四）十二月、持統と不比等の合作ともいうべき藤原京が完成し、遷都することが叶った。この年、不比等に三男の宇合《うまかい》が生まれ、翌年には四男麻呂が誕生した。

持統十年（六九六）七月一日、日食があった。それで罪人が許され、広瀬の神と竜田の神を祀った。その月の十日に高市皇子が薨去した。持統にまたしても逆縁が生じた。不比等は直広弐《じきこうに》に昇進した。政界第五位の地位である。

翌持統十一年二月、軽皇子が皇太子となった。七月、藤原京に建てている薬師寺の完成はまだだったが、念願の薬師如来の開眼会が行われた。それで気が落ちついたのか、持統天皇は八月、皇位を譲られ、軽皇子が文武天皇として即位した。不比等は草壁皇子が所持していた黒作懸佩刀《くろづくりかけはぎとう》を文武天皇即位の証として授けた。持統は皇位から退いたが、日本最初の太上天皇《だいじょう》と称せられた。

草壁皇子の黒作懸佩刀については、天平勝宝八年（七五六）の「東大寺献物帳」に記載がある。

黒作懸佩刀
右、日並皇子常に佩持《はいじ》せられ、太政大臣に賜う。
大行《たいこう》天皇即位の時、すなわち献ず。
大行天皇、崩ずる時、また大臣に賜う。
大臣薨るの日、更に後太上天皇に献ず。

日並皇子とは草壁皇子、太政大臣とは藤原不比等、大行天皇とは文武天皇（軽皇子）、後太上天皇とは聖武天皇のことである。つまり草壁皇子が所持していた黒作懸佩刀は、不比等に渡され、その後、不比等から文武天皇へ、そして文武から不比等に戻され、不比等から聖武天皇へと伝世されていったことが分かる。なお不比等は他界したとき右大臣であったが、没後、天皇家への功績により、正一位太政大臣が追賜《ついし》された。

軽皇子が文武天皇として即位するとき、不比等に対する謝意が宣命の中に入れられた。

「汝、藤原朝臣（不比等）の仕へ奉る状は、今のみにあらず。掛けまくも畏《かしこ》き天皇《すめらみこと》が御世《みよ》御世仕へ奉りて、今もまた朕《ちん》が卿として明《あか》き心を以て、朕を助け奉り仕へ奉ることの、重《いか》しき労《いとお》しきことを念《おも》ほし坐《ま》す」と。


文武二年（六九八）八月、文武天皇が詔を発した。「藤原朝臣に賜った姓は、その子不比等にこれを継承させるべきである。意美麻呂はこれまで藤原朝臣を称していたが、氏族本来の任務である神祇のことを掌っているから、旧姓の中臣に戻すべきである」と。こうして藤原姓は不比等の後裔が引き継ぎ、意美麻呂も大嶋も中臣姓に復することとなった。

九月、大伯皇女が斎王を解任されて以来途絶えていた伊勢の斎宮に、忍壁皇子の妹、託基《たきの》皇女《ひめみこ》が仕えることとなった。

この年の五月には、各地で旱害が起こった。九月には下総国で台風が吹き荒れ、多くの民の家が壊れた。日食もあった。民は天変地異や不吉な予兆があれば大津の亡魂の仕業だと畏れた。そしてそのたびに、持統の心は乱れた。そんなとき、彼女の思いは自ずと亡き夫との思い出の地、吉野へと向かうのだった。

文武四年（七〇〇）、ついに大宝律令が完成した。不比等はその功績を認められ直広壱《じきこういち》（正四位下相当）に昇進した。『続日本紀』に「直広壱藤原朝臣不比等、……田辺史百枝《ももえ》、……田辺史首名《おびとな》……らに勅して律令を撰び定む。禄を賜う……」とある。田辺史一族はここでも不比等を支えていたことが分かる。

不比等は県犬養美千代《あがたいぬかいみちよ》と再婚した。美千代はかつては美努王《みぬおう》の妻であり、二人の間に葛城王（後の橘諸兄《もろえ》）を儲《もう》けていた。なお後に、この諸兄の子奈良麻呂が、不比等の孫仲麻呂に反旗を翻す（橘奈良麻呂の乱）ことになるわけであるから、歴史とは皮肉なものである。

翌七〇一年、元号が大宝に改められた。三月、不比等の妻美千代が安宿媛《あすかべひめ》を産んだ。後の光明皇后である。十二月、文武の夫人である不比等の長女宮子が首《おびと》皇子を産んだ。後の聖武天皇である。不比等にとっては記念すべき年となった。

この年の十二月に大伯皇女が亡くなった。四十一歳であった。不比等と光明皇后を光とするならば、大津と大伯は影であった。

翌大宝二年（七〇二）十二月、持統太上天皇が病に伏した。各地で金光明経の読誦《どくじゅ》が行われた。しかしそのかいもなく、持統は九日後に崩じた。五十八歳であった。諡《おくりな》は「大倭根子《おおやまとねこ》天之広野日女尊《あめのひろのひめのみこと》」とされた。

この年の四月、大津皇子に謀反を唆《そそのか》したとして飛騨に流罪とされた新羅僧行心《こうしん》の子隆観《りゅうかん》の罪が免じられて京《みやこ》に戻ることが許された。翌年、隆観は新羅の儀鳳暦《ぎほうれき》に通じていたため、政《まつりごと》に重用された。こうして大津皇子事件は風化し、次第に過去のものとなっていった。

彼女の晩年をふり返るとき、夫天武天皇の崩御の後は、姉の子の大津皇子、その妻であり異母妹でもある山辺皇女、一人息子の草壁皇子、異母弟の河島皇子、天武の子で持統の義理の子にあたる高市皇子や弓削皇子、異母妹の大江皇女と飛鳥皇女、そして大津の姉大伯皇女が相次いで命を落とすという逆縁の連続であった。特に文武四年（七〇〇）に飛鳥皇女が亡くなったことが、ことのほか堪《こた》えた。自分より若い近親者がこれほど次々と亡くなっていくという酷《むご》さは、神仏が彼女に与えた試練ともいうべきか……。

夫や子に先立たれた後の日々は、強い女帝のイメージとはほど遠く、隙間風が吹く寂しいものであった。彼女はその波瀾万丈の人生に幕を閉じ、愛しき天武の眠る檜隈大内陵《ひのくまのおおうちのみささぎ》に合葬された。彼女が天武天皇の命日に詠んだ歌が残っている。

明日香の　清御原《きよみ》の宮に　天《あめ》の下《した》　知らしめしし　やすみしし　我が大君《おおきみ》
高照らす　日の皇子……あやにともしき　高照らす　日の皇子

〔『万葉集』巻二・一六二〕

飛鳥の浄御原宮《きよみはらのみや》で天下をお治めになった我が大君、空高く輝く日の皇子……たまらなくお逢いしたい、空高く輝く日の皇子よ。無論、日の皇子とは彼女が愛した天武その人である。

二　薬師寺・聖観世音菩薩立像

友一郎の意識が戻った。どうやら気を失っていたようだ。長い時間が過ぎたような気がした。雪の石光寺でのことが遠い過去のように思えた。

「……ここは？」

目を開けると、外には目映いばかりに輝く朱塗りの大伽藍があるではないか。広い境内には春の陽光が注がれていた。

目覚めたばかりで、友一郎の頭は朦朧としていた。目の前の景色がぼんやりと、けれど眩しく光って見えた。

「薬師寺の東院でございます」

尼僧が言った。

見慣れない八角の立派な堂だった。友一郎は戸惑ったようすで辺りを見渡した。

わけが分からず茫然としている友一郎を後目《しりめ》に、彼女は朱《あか》く光沢のある真新しい階段を静かに上っていった。白足袋《しろたび》の上に、透き通るように白い足がわずかに見えた。友一郎は何げなくその後ろ姿を眺めていたが、彼女の足が寺の縁側に辿り着いたとき、はっと我に返った。慌てて彼女の後に続いた。

眩しいほどの陽の光に馴れた目には、堂内が薄暗く感じられたが、連子窓《れんじまど》からは光が射し込み、光沢のある木の床を照らしていた。堂の奥に目をやると、金色《こんじき》に光る一体の仏像が忽然《こつぜん》と姿を現した。

慄然《りつぜん》としているが柔和で慈悲深い眼差《まなざ》し、凛と通った鼻筋、堂々とした体躯《たいく》ではあるが優美な姿態、そして優しく虚空を見つめながら燦然《さんぜん》と輝く黄金の体……。

聖観世音菩薩立像《しょうかんぜおんぼさつりゅうぞう》ではないか――しかし、前に薬師寺東院堂で見た聖観世音菩薩は黒光りしていたが、今、目の前にある聖観世音菩薩は目映《まばゆ》いばかりに金色に輝いている。どういうことだ――と不思議な気がしたが、その荘厳な輝きにただ圧倒されるばかりだった。

尼僧はその仏像の前に跪《ひざまず》き、静かに手を合わせていた。気のせいかもしれないが、その表情には含羞《がんしゅう》と安らぎの気色が仄かに香っていた。尼僧は合掌し、微動だにせず、ひたすら何かを念じていた。

そのまま長い時間が流れていった。

突如、彼女が静かに横に倒れていった。失神したようだ。

友一郎は慌てて彼女を支えた。辛うじて頭から倒れることは防げたが、友一郎の腕に尼僧の体があった。意識を失った彼女は、しばらくの間、友一郎の腕の中でじっとしたままだった。

薄暗い堂内にしじまのときが流れていった。友一郎の腕の中には美しい尼僧がいた。眠っているような、穏やかな表情だった。細く白いうなじ……なぜか彼女の体の重みは感じられない。小さく柔らかな感触だけがその腕に伝わってきた。

友一郎はそんな彼女を眺めていると時間を忘れた。時が止まっているようだった。いつまでも、いつまでもこのままでいたいと思った。金色の仏像に見守られて、この世の人とは思えない、いやこの世の人ではないであろう尼僧を抱かえながら、これまでに感じたことがないほどの心の静けさと安らぎに包まれていた……自分という存在がうっすらとして今にも消えていこうとしている……それは不可思議な時間と空間だった。


どれくらいの時間が経っただろうか、彼女の瞼《まぶた》は閉じたままだった。

友一郎は尼僧を抱かえたまま、その楚々とした顔を見つめていると、彼女はその視線を感じたのか、わずかに目を開けると、

「……おおつ……」

と呟いたかのように、微かにその口元を震わせた。そうしてゆっくりと瞼を開けていったが、目の前に男の顔があることに驚き、恥じらうように目を伏せた。

美しい……、それはまるでエル・グレコの『聖家族と聖アンナ』の中に描かれた聖母マリアのようにも思えた。

キリスト教の教会でもあるまいに——友一郎はそんなことを考えている自分に苦笑いした。

「今、『おおつ』とおっしゃいませんでしたか？」

「………」

彼女は哀しそうな目をその仏像に向けた。目には涕《なみだ》が光っていた。

澄みきった深泉の奥底まで吸い込まれそうな彼女の瞳に、わずかに羞恥の色香が滲《にじ》んだ。

「この聖観世音菩薩は、私が密かに仏師に頼んで大津の面影を残すように頼んだものでございます。大津を慕う仏師たちは喜んで私の願いをきき入れてくれました。ですから私には、この像が大津に思えてならないのでございます……」

尼僧は聖観世音菩薩を見つめながら、そう呟いた。

友一郎も大津皇子のことを思いながら、この仏像を眺め直してみた。そういう思いで見ると、大津皇子が蘇り、今にも微笑んでくれそうに思えてきた。

立派な仏像だ。均整のとれた見事な肉体美、今にも動きだしそうだ。その見事なまでに再現された姿は仏像というより、一人の凛々しい若者の形像《けいぞう》といった方が相応《ふさわ》しい。

『日本書紀』に「容止墻岸《ようししょうがん》」「才学有《さいがくま》し」とあり、『懐風藻』には「状貌魁梧《じょうぼうかいご》、器宇峻遠《きうしゅんえん》」「節を降《くだ》して士を礼《ゐや》びたまふ。是《こ》れによりて人多く付託す」とある大津の在りし日の姿を彷彿させているような気がした。大津皇子がそこにいるように思えた。今にも大津皇子の声が聞こえてくるような気がした。

尼僧は凍り付いたように、仏像の前で静かに合掌していた。

「……おおつ……」

またしても彼女はその名を呼んだ。しかし友一郎の意識は眠るように薄らいでいこうとしていた。その声が彼の記憶に残ることはなかった。

三　額田王の粟原寺と大伯皇女の昌福寺

目が覚めた。友一郎と尼僧は薬師寺を離れ、いつの間にか夏の粟原寺跡にいた。友一郎の意識に投影される尼僧の想念は、時間と空間を超越して次々と場面を変えていく……。

「ずいぶんといろいろな光景をご覧になられましたね」

尼僧が穏やかな眼差しで声をかけた。ねぎらってくれているようにも思えた。

「はい……」

友一郎は途方もない疲労感に襲われていた。頭も混沌としていた。それで弱々しげに返事をした。

「大津が本当に謀反を企てたのなら、『日本書紀』にあのように立派に書かれることはございません。また〈天《あめ》の二上《ふたかみ》〉に葬られることもございませんでした。大津は後の世を鎮めるための犠牲となったのでございます」

尼僧はしっかりとした口調で話し終えると、石塔に向かって合掌し頭を下げ、長い間、祈り続けていた。そして頭を上げると、再び話し出した。

「藤原姓から中臣姓に復された大嶋どのは、不比等どのの母鏡王《かがみのおおきみ》女の妹である額田王《ぬかたのおおきみ》さまと再婚なされました。中臣に復されましても姓《かばね》は朝臣のままでございます。額田王は夫と同じ姓《かばね》であることを望まれ、臣籍降下なさって比賣朝臣額田《ひめあそんぬかた》と名乗られました。晩年は不比等どのの意向もあり、夫大嶋どのと共に、草壁皇子の霊を弔うことを望まれました。お二人が発願されて、鎌足公が葬られている談山神社の近くに粟原寺《おうばらでら》を建立なされたのです」

山里の奥にひっそりと佇む十三重の石塔と礎石群。木漏れ日がそれらの遺構を斑《まだら》に照らしていた。耳を劈《つんざ》くような蝉時雨《せみしぐれ》が容赦なく浴びせかけられるが、なぜか穏やかな心地がした。

粟原寺跡は国史跡に指定され、礎石が残るばかりで往時の伽藍の面影はない。ただその三重塔の伏鉢は談山神社に保管され、「粟原寺三重塔伏鉢《ふくばち》」として国宝に指定されている。

此粟原寺者、仲臣朝臣大嶋、惶々誓下願
奉二為大倭国浄美原宮治、天下天皇時
日並御宇東宮敬中造伽藍上之、爾故比賣
朝臣額田、以二甲午年一始、至二於和銅八年一
合廿二年中、敬二造伽藍一而作二金堂一、仍造二
釈迦丈六尊像一
和銅八年四月、敬以進二上於三重宝塔
七科鑪盤一矣
仰願藉二此功徳一
皇太子神霊、速證二无上菩提果一
　願七世先霊共登二彼岸一

願大嶋大夫必得㆓仏果㆒
願及㆓含識㆒具成㆓正覚㆒

「この粟原寺は中臣朝臣大嶋どのと比賣朝臣額田《ひめのあそんぬかた》さまが誓願され、日並知御子《ひなみしのみこ》（草壁）のために、持統天皇八年から和銅八年まで二十二年をかけて造り奉った寺です。金堂を造り、丈六の釈迦像を造り、和銅八年四月に三重塔と鑪盤《ろばん》を進上いたしました。この功徳により、皇太子の神霊がすみやかに無上菩提《むじょうぼだい》をえられますよう、また七世の先霊が、彼岸に登ることができますよう、大嶋大夫が仏果《ぶつか》をえられますよう、すべての心あるものが正覚《しょうがく》を成すことができますように祈願します」

尼僧が鑪盤に刻まれている銘文を読み上げた。友一郎はそれを聞きながら、ただただ人の世の哀れを感じていた。

「正覚とは？」

友一郎が尋ねた。

「正覚とは、心の迷いが解け正しい悟りを開くということです。それは仏さまの悟りを会得することでもありましょう。大嶋どのも、額田王さまも、そして不比等どのも、この粟原寺に参られて、真《まこと》の安らぎを得られたことと存じます」

尼僧は、物静かに語った。そして、

「大津皇子については舎人《とねり》親王どのとその夫人当麻山背《たいまのやましろ》さまが、供養なされました」

と付け加えると、懐《ふところ》から金箔の小さな仏像を取り出し、瞑目《めいもく》合掌して読経を始めた。

「それは？」

読経後、友一郎が彼女に尋ねた。

「伊賀の昌福寺で作った塼仏《せんぶつ》でございます。大津が菩薩となって修行し、やがて如来となられた弥勒さまとご一緒に下生《げしょう》できますよう、こうして祈っているのです。そのときには大津と再会することができるのでございます……」

彼女の話によると、大津を供養するために塼仏《せんぶつ》を作り、石光寺の弥勒堂に奉納するつもりだという。そして、その石光寺の弥勒堂に弥勒石仏を奉納したのは舎人親王と妻当麻山背だということだ。

何を思ってか、尼僧はある古びた系図を差し出した。

「ここをご覧ください」

友一郎は、尼僧が示した箇所を覗き込んだ。

「えっ、信じられない……」

と驚きつつも、偽書の類ではないかと疑った。

その系図には、天武天皇の子として草壁皇子、大津皇子、そして舎人親王の三人の名が書かれ、大津には粟津王《あわつおう》という子があったことが示されているではないか。舎人親王の子大《おお》炊王《いおう》（淳仁《じゅんにん》天皇）については、ただ「廃帝」とのみ記されている。

問題はその粟津王について、「実舎人親王子依二父王子謀叛一配二肥前国豊原郷一後勅免」と書かれていることである。つまり大津の子粟津王は、実は舎人親王の子であるというのだ。粟津王の本当の父親は舎人親王……何ということだ。そして父大津の謀反によって肥前の国に配流された、と書かれている。

　そのとき友一郎の脳裏には、「容止墻岸《ようししようがん》にして、音辞俊朗《おんじしゅんらう》なり。天命開別天皇《あめのみことひらかすわけのすめらみこと》の為《ため》に愛《めぐ》まれたまふ。長《ひととなる》に及《いた》りて弁《わきわき》しく才学《さいがく》有《ま》しまし、尤《もと》も文筆《ぶんぴつ》を愛《この》みたまふ。詩賦《しふ》の興《おこ》り、大津より始《はじま》れり」という『日本書紀』の一節が浮かんだ。突如として、そこに謀反人大津がこのように立派に書かれていることの真相が隠されているのではないかという、おどろおどろしい疑念が芽生えた。まさか舎人親王の大津に対する負い目が書紀にそれを書かしめたのか、という不気味な妄想と、それを打ち消そうとする理性が、友一郎の頭の中で激しく葛藤していた。

　友一郎はその邪念を振り払うべく、

「あり得ない……」と呟いたものの、いったん生じた疑念が消えることはなかった。

なんというおぞましき世界……ああ、眩暈《めまい》がする……。

四　現行への目覚め

「……あなた……。あなた、わかる?」

「……ああ……」

友一郎は呆然としていた。

「よかった。やっと目を覚ましてくれた。よかった……」

妻の香奈子がベッドに横たえている友一郎を見ながら涙ぐんでいた。

「ここは?」

まだ意識が完全に回復していない友一郎は、ぼおっーとしたまま尋ねた。

「市民病院よ。あなた、石光寺で倒れていたのよ。それで救急車で運ばれて、この二日間、ずっと意識不明だったのよ」

ようやく香奈子が笑みを浮かべた。

「本当にどうなるのかと思った。……このまま意識が戻らなかったら……と思うと――」

笑みの中に涙が混じっていた。

「ごめん、心配かけて……」

友一郎は妻に詫びた。

「ところで俺のカメラは?」

「家に置いてあるわよ。でも、あなたといっしょに倒れたから、壊れているかもね」

(よかった。カメラ本体が壊れていても仕方がない。しかしデジタル一眼レフだから、カードの中の画像データは大丈夫のはずだ)

一刻も早く写真を確認したいという衝動に駆られた。

「俺の退院はいつごろ?」

「検査してもらったら脳波もCTも異常がないって。先生も首をかしげてたわ。意識がないっていうより、まるで熟睡してるみたいだって。意識が戻って、それで頭痛がないようだったら、多分大丈夫だろうって――」

「そうか、俺は寝ていたのか……」

友一郎は呟いた。

「夢でも見てたの?」と何気なく、香奈子が尋ねたが、友一郎は「分からない……」とだけ答えた。

彼は夢で見た……あの世界を自分の目で確かめたいと思っていた。石光寺、片岡、薬師寺、粟原寺《おうばらでら》、磐余池《いわれのいけ》跡など……。大津皇子をめぐる幻想の世界、いや阿頼耶識《あらやしき》の世界を辿《たど》る旅に出たいと思っていた。もっとも妻にこの話をしても信じてはくれないだろうと思いつつ……。

「それからね、この方があなたを助けてくださったのよ」

香奈子は運転免許証のコピーを差し出した。

友一郎はその写真を見て驚いた。何とあの尼僧に瓜二つではないか。

「どうかしたの。ご存知の方なの？」

明らかに動揺している夫に向かって、香奈子は不思議そうに尋ねた。

「いいや知らない……」

友一郎は誤魔化した。夢の中で出会った尼僧、それも千三百年も前の大伯皇女に似ているなんて、口が裂けても言えるわけがない……。

「とにかく、先生に意識が戻ったって言ってくるわ」

香奈子は夫のようすに釈然とはしていなかったが、そう言って病室を出て行った。

運転免許証のコピーには、ちゃんと名前も住所も写っているではないか、退院したら、お礼を兼ねて会いに行こうと思った。

翌日には無事退院することができた。早速、カメラを確認した。幸い壊れたようすはなかった。しかしあの尼僧の姿も、石光寺の境内も写ってはいなかった。写っていたのは、転倒するまでに撮った雪景色ばかりだった。覚悟していたこととはいえ、がっかりした。

気を取り直し、図書館で石光寺の記録を調べることにした。

鎌倉時代の歴史書である『元亨釈書《げんこうしゃくしょ》』によると、石光寺は天智天皇の勅願により、光る石を彫り込んで作った弥勒三尊像を本尊として創建され、光る石を彫り込んで作ったことから石光寺と呼ばれるようになったという。

また『当麻石光寺と弥勒仏』という発掘調査の概報によると、平成三年の調査で石光寺現弥勒堂の基壇下から南北に五間、東西に三間以上の礎石建物跡が確認されたとのことであった。つまり白鳳期、この場所には須弥壇のある仏堂が建てられていたというのだ。

(雪の中で俺が見た、あの尼僧が拝んでいたお堂とはこの堂のことではないのか……)

友一郎は報告書を読み進めた。

(あった!)

報告書には幅九十八センチ、高さ百五十五センチの石造如来座像、つまり等身大より大きな石仏が出土したことが記されていた。報告書には「制作は白鳳時代、七世紀後半と推測され、現存する最古の丸彫り石仏として、日本古代彫刻史上注目すべきもの」と書かれ、弥勒三尊である可能性が指摘されていた。

それ以上に驚いたのは、名張市にある夏見廃寺から出土したものと同笵の塼仏《せんぶつ》が出土していることであった。これは夏見廃寺が大伯皇女が建立した昌福寺であることの証左であるという。

あのとき尼僧は、懐《ふところ》から金箔の小さな仏像を取り出した。それは伊賀の昌福寺で作ったという弥勒の塼仏で、石光寺に奉納するつもりだと言っていた……。

居ても立っても居られなくなった友一郎は、奈良市西の京の薬師寺へと車を走らせた。

正面に聳える朱塗りの金堂、その左手に聳える西塔など、古代の大伽藍そのままの光景が目の前にあった。彼が夢の中？　で見た光景と非常によく似ていた。

ただ東に目をやると、逆に古びた東塔が見えた。今、友一郎の右手に見える伽藍は、あのとき見たものとは明らかに異なっていた。

友一郎は東院堂へと急いだ。

東院堂が見えてきた。隣にはこじんまりとした祠があった。龍王社だった。

東院堂は夢で見た八角の東院とは明らかに別の建物であり、しかもはるかに古く、大きかった。

堂の中には西日が射し込んでいた。友一郎は息を呑んで正面の聖観世音菩薩立像に目をやった。

そこには聖観世音菩薩が漆黒色の光沢を放って立っていた。気品があり、しかもその顔はなかなかの男前だ。夢の中では金色《こんじき》に輝いていたが、この黒光りしている観世音菩薩の方が落ちつき、安らぎを覚えた。その胸元にはわずかに橙色の西日が反射していた。友一郎はこの聖観世音菩薩をじっと見つめた。

（大津皇子……）

友一郎は心の中でそう念じて、観世音菩薩への真言、「オンアロリキヤソワカ」と唱え、静かに合掌した。


その後、薬師寺の事務所に立ち寄り、ここに来たわけを説明した。

はじめは怪訝《けげん》な顔をして応対していた女性事務員も、彼のいちずさに根負けをしたのか、「少しお待ちください」と言って、事務室を出て行った。

応接用の椅子に座って待っていると、その事務員は年配の僧侶といっしょに戻ってきた。

「お話は伺いました」

そう言った後、その僧侶はしばらく思案しているようだったが、ある決心をしたのか、

「どうぞ、こちらへ」

と、友一郎をある部屋に案内した。

「どうぞ、ご覧ください」

その部屋の机の上には、三枚の日本画が置かれていた。それは衣冠束帯姿の男性の絵二枚と手のひらに数珠をのせて拝もうとしている女性の絵だった。

「これは……？」

友一郎が遠慮がちに尋ねた。

「堂々と座っておられるのが天武天皇、女性像が持統天皇、あと一人は大津皇子でございます」

「どうして薬師寺に草壁皇子ではなく、大津皇子の絵があるのですか？」

不思議だった。

「この絵はある高名な画伯がお描きになって、当院に御奉納されたものでございます。画伯は天武天皇、持統天皇、それに大津皇子を描かれました」

と僧侶は説明した。

「恐れ入ります。もうすこし詳しくご説明いただけないでしょうか」

「薬師寺では古来、天武天皇の命日である九月九日を御国忌《みこつき》として法要を営んでおりました。

ところがその法要が途絶えておりましたので、これを復活させることにいたしました。それで、天武忌でもある御国忌の際の礼拝の対象となる絵画を画伯にお頼みしたのです」

僧侶は質問に答えた。友一郎はさらに質問を重ねた。

「天武天皇と持統天皇は理解できます。でもあとの一枚は、どうして大津皇子なんですか？」

これが最大の疑問である。

「画伯は絵を描くにあたって思いを語られました。『持統さまの心が私に絵筆を取らせてくださったのだと思います。……最後に天武天皇を描かしていただきました時に、私はまた、その〝縁〟ということを思わずには居られませんでした。……白鳳時代と天武天皇、大津皇子、持統天皇、薬師寺さん、……このお三方の本当に純真に仏に仕える心の強い、その最後はそういう境地に至られた……それを皆、私へも頂戴できる縁だと思ってありがたく頂戴していきたいと思います』と……」

友一郎が何となく納得していると、僧侶は話を続けた。

「薬師寺には大津皇子を偲び、祈り続ける人も参られます。花会式の初夜に行われる祈願作法の一つ、神分《しんもん》では大津聖霊《だいしんしょうれい》の来臨影向《らいりんようごう》も乞われます。境内の中には龍王社があり、社《やしろ》の中には『奉造立西京大津宮』と書かれた墨書《すみがき》が掲げられております」

友一郎は薬師寺が密かに背負わされている宿命を思わずにはいられなかった。ただこの大津皇子の苦しそうな顔を見るにつけ、天武天皇の堂々たる様《さま》が、なぜか狡《ずる》く思えた。

友一郎は、あの不思議な体験のことを、この僧侶なら理解してくれるかもしれないと思い、石光寺で尼僧と出逢い、この薬師寺に辿り着いた経緯の一部始終を説明した。

僧侶は静かに友一郎の話に耳を傾けていた。そして聞き終わると、

「不思議なお話でございますね。不思議なお話ではあっても、あなたがそれを体験なされたことは事実、そもそもこの世に果たして確実なるものが存在すると誰が言い切れましょう。人が思うこと、信じることにこそ真実が存在するのかもしれません。迷いや苦しみは心の中の影像に過ぎないもので、心の外には存在しないと教えたりもしますが、果たしてこの教えがそれに当たるのかどうか……」と語った。

「それが阿頼耶識ですか？」

友一郎は拙速とは思いつつも訊かざるをえなかった。

「すべては人の心の有り様によって変わるものです。阿頼耶識とは、その人の人生の総体だけではなく、前生に遡り、前生は前々生に遡り、永遠の過去から未来へと絶え間なく連続する心的領域なのです。あなたが体験されたことがそれに当たるのか、私には分かりかねますが、インドの世親《せしん》菩薩さまは、阿頼耶識とは永遠の上流から大きくうねりながら流れてきて、とどまることなく、なお下流へ流れ去ろうとする大きな流れのようなもので、つねにさまざ

まに変化しているものであり、決して不変のものではない、と申されました」

その意味がすぐに理解できるほど、唯識《ゆいしき》の教えは生易しくはない。しかし、あの尼僧が言っていたことと似ているように思えた。友一郎は、それ以上聞くことを控え、礼を言って薬師寺を辞した。その背では、梵鐘の音が淋しげに響き渡っていた。

薬師寺での話を聞き、友一郎は無性に石光寺で逢った尼僧に似た女性に会いたくなった。彼女の運転免許証にあった住所を求めて車を走らせた。その場所は名張の夏見廃寺跡と桜井の粟原寺跡との間の山中にあるはずであった。

その辺りで、地元の人に場所を尋ねたが、誰も知らないという。いずれにしてもこれ以上は車では行けないということであったから、そこからは落ち葉の積もった山道を一人歩いて登っていった。

しかし行けども行けども、その場所は見つからなかった。

里に下りてから、地元の人を訪ね歩いたところ、一人の老婆が、その場所にはずっと昔、庵《いおり》らしきものがあったという話をしてくれた。ただそこに誰が住んでいたかまでは知らないということであった。

帰り道、粟原寺跡に寄ってみた。季節こそ違え、あの夢の中で見た光景と同じだった。黄葉した櫟《くぬぎ》林の中に十三重の石塔があった。落ち葉の絨毯の中で、今は無き三重塔の礎石が何も語らずひっそりと横たわっていた。

その石塔の横に、地元の人の手による説明板が建てられていた。

当地には「有名な万葉の女流・額田王の終焉《しゅうえん》の地だ」という伝承が遺されています。さすれば、国宝・粟原寺三重塔露盤の銘文にある比賣朝臣額田がその人であるかも知れません。この事は史的考証ではなく、詩的確信です。数奇な運命を辿った彼女は天武帝崩後の複雑な立場の拠り処を、この地に求めたものと想われます。

友一郎は、この碑文を眺めながら言いようのない感慨に浸っていた。彼の中では、その万葉人たちは決して古代の人ではなかった。ごく最近に逢い、目の前でその声を聞いたばかりなのであるから……。

あとがき

　私の家からは二上山がよく見える。私はそんな場所で生まれ育った。今も朝な夕な、否が応でも二上山が目に入る。その私の目には、飛鳥や當麻から眺める二上山とは異なり、雌岳《めだけ》（標高四七四メートル）が雄岳《おだけ》（同五一七メートル）の後ろに、慎ましやかに控えているように見える。しかも雄岳、雌岳ともに綺麗な円錐形をなし、標高はさほどではなくとも、麓に住む私にとっては秀麗かつ雄大な山であると同時に、古来より〈天《あめ》の二上《ふたかみ》〉と呼ばれるように神の宿る神奈備山だ。また近所にある千股池《ちまた》（香芝市良福寺）の水面に映る〝逆《さか》さ二上《ふたかみ》〟の夕景は、人気撮影ポイントになるほど素晴らしい。そのような二上山が私の原風景だといっても過言ではない。

　二上山の麓一帯は「ダケ郷」と呼ばれ、毎年、四月二十三日は「ダケノボリ」と称して二上山に登るという風習が残っている。かつては農家の方が五穀豊穣を願っての祈雨のための年中行事であった。私の子供の頃は、「ダケノボリ」の日は〝半ドン〟で、午後は休みだった。授業が終わると急いで学校を引き上げ、みんなで二上山に登り、その頂で弁当を食べた。今となっては懐かしい少年時代の記憶である。

　その二上山の雄岳の頂に、宮内庁が治定した大津皇子の墓がある。この墓の石壇に腰掛け、そこから眺めると大和盆地が眼下に広がり、大和三山も、吉野の山々も連なって見える。小学校か、中学校か定かには覚えていないが、学校の先生から大伯皇女の「うつそみの人なる我や明日よりは二上山を弟と我が見む」という歌を教えてもらった。おそらく先生の影響もあろうが、そのときから大津は無実の罪で処刑された可哀想な皇子というイメージが、少年である私の記憶の中に強く刻み込まれた。私にとって雄岳は大津皇子であり、その後ろに控える雌岳は、大津の姉・大伯に重なる。そして不遜にも、いつしか大津皇子事件の謎を解き明かし、彼の冤罪を晴らしたいと思うようになっていった。

『万葉集』『日本書紀』『懐風藻』のいずれを読んでも、大津が犯罪者であるといった印象は湧いてこなかった。高校生のときに折口信夫の『死者の書』を読んだが、消化不良だった。しかし『死者の書』によって、大津の怨念ということを意識するようになった。

拙書『天の二上と太子の水辺』の執筆中、「中臣寿詞」に出会った。大津皇子の処刑を命じたであろう持統天皇の即位式において、中臣大嶋が奏上したとされる祝詞である。しかもその中に「天《あめ》の二上《ふたかみ》」が登場し、天皇はそこから湧き出る「天つ水」を飲むことによって霊力が得られるのだという。「天の二上」については、日向の槵日《くしひ》の二上峯を指すという説もあるが、大和の二上山とする説もまた有力である。仮に「天の二上」が日向の二上峯を指すとしても、飛鳥から望める二上山に「天の二上」を意識しない方が不自然であろう。そうすると大津皇子の二上山への移葬と「中臣寿詞」の即位式での奏上は相矛盾することになる。もしかするとこの移葬の背景には持統天皇の大津皇子への贖罪の意味が込められていたのではないかと思えてきた。

持統天皇とは我が子草壁を皇位につけんがため、若く有能なライバル大津皇子を抹殺した非情な女帝と思われがちであるが、彼女は、果たしてそのような女性であったのだろうか。なぜ実の甥を殺す羽目に至ったのか、私はますます持統の人間像を探りたくなっていった。それは女帝としての裏に、か弱き女性の一面が潜んでいることを強く感じたからでもある。

改めて持統の女性としての一面を考えるとき、彼女の祖父・蘇我倉山田石川麻呂と母・越智娘が、彼女の父・中大兄皇子（天智）によって死に追いやられたという心の傷を負った女性であったことを思わずにはいられない。彼女は祖父の遺志を継いで山田寺を建立した。『上宮聖徳法王帝説』裏書によると、塔の心柱に「浄土寺」と刻み、青瑠璃の瓶の中に仏舎利を納めたことが書かれている。そこに薬師如来に救いを求める女人としての持統像が浮かぶ。壬申の乱で苦楽を共にした天武の没後、夫との思い出の地・吉野に三十二回も訪れたことや、檜隈大内陵《ひのくまのおおうちのみささぎ》（野口王墓・明日香村）に夫天武とともに合葬されたことからも、女人としての一面を見ることができよう。

案外知られていないが、大津皇子の怨霊は鎮魂され、五穀豊穣などを招福するための御霊となって今も信仰されている。例えば、東大寺二月堂のお水取りで唱えられる神名帳《じんみょうちょう》の最後の最後に読まれるのは「葛下郡御霊」、つまり大津皇子の二上山墓のことである。また薬師寺の花会式の初夜では、祈願作法の一つである「神分《しんもん》」によって神々の来臨影向《らいりんようごう》が乞われるが、その中にも「大津聖霊《だいしんしょうりょう》」が含まれている。

薬師寺東院堂の片隅には龍王社がひっそりと佇んでいる。現在、奈良国立博物館に寄託されている「木造伝《でん》大津皇子坐像」（重要文化財）は、かつてこの社の祭神であったという。その扉には「奉造立西京大津宮于時天正九年」と書かれている。また『薬師寺志』の天正九年の記事にも「大津宮造立」とあり、室町時代後半には「大津宮」と呼ばれていたらしい。また『薬師寺黒草子』の康永二年（一三四二）の記事からも、毎年八月二十三日には「大津宮御祭」が行われていたことが分かる。

　薬師寺は持統天皇が大きく関わった寺である。これらの記録や行事から薬師寺が大津皇子について担っている何か宿命めいたものを感じる。薬師寺は大津皇子追福の寺ではなかったのかと……。やはり大津皇子の死後の世界は謎めいている。

『薬師寺縁起』に大伯皇女は三重県名張市に昌福寺（夏見廃寺）を建てたとあるが、名張も持統にとって壬申の乱の思い出の地であり、昌福寺建立には持統の力添えがあったのではないだろうか、夏見廃寺跡を訪れたときそんな気がした。その足で桜井市にある粟原寺跡を訪れたが、中臣大嶋とその妻比賣朝臣額田が草壁皇子を供養したことの意味についても考えざるを得なかった。また石光寺から夏見廃寺跡のものと同笵《どうはん》の塼仏《せんぶつ》が出土したことからは、大伯が二上山の麓で大津を供養したのではないかという想像をかき立てられた。そうして「明日よりは二上山を弟《いろせ》と我が見む」という歌と重ねると、かけがいのない弟大津を失った彼女の心情がそれまで以上に切なく、私の胸をうった。それにしても、大伯はどこで馬酔木の花を手折ったのだろうか、このことも未だに私の頭から離れない。

　大津皇子を取り巻く人物群は多彩である。謀反人大津を美化するかにも思える『日本書紀』の異例な記述の裏にどのような真相が隠されているのか、その意味において舎人親王の存在もまた謎めいている。藤原鎌足、定恵、不比等父子にも知られざる面が多く、それを描くためにも不比等を大津皇子と絡めたかった。不比等と大津皇子との歳の差はわずか四歳、二人に接点がないと考えるほうが不自然だからだ。そうした複雑な人間関係や政治情勢とは別に、大津と石川郎女との恋愛や伊勢の斎宮での大伯皇女との再会などを描くことはある意味、甘酸っぱい清涼剤のようでもあり、愉しかったことも事実である。

　このように大津皇子の生きた時代を生き生きと描きたかった一方、「中臣寿詞」や『薬師寺縁起』などを交え、どうしても大津の死後の世界も描きたかった。そのため法相宗の難解な教えである唯識《ゆいしき》、それも阿頼耶識《あらやしき》の世界を持ち込んだわけであるが、いささか小説の構成が複雑になってしまった感は否めない。私の浅学ゆえ、おそらくは法相の教えを曲解しているであろうこととあわせ、読者及び関係者の皆さんの寛大なお許しを請うところである。


　夏のある日、本小説の取材のために伊勢の斎宮を訪れたときのことである。汗だくだくの私を見て、あるご高齢の女性が冷たいお茶を差し出してくださった。聞くと、斎宮跡のボランティアガイドをされているとのことだった。彼女は私の目的を知ると、酷暑にもかかわらず、私を町のはずれにある八脚門まで案内された。
私が「大津皇子はどの道を通って大伯皇女を訪ねてきたのでしょうか」と尋ねると、彼女は「きっと高見峠を越えてきたと思います」と答え、伊勢三山の一つ、白猪山の方を指し示された。蒼々と広がる稲田のはるか西の彼方に目をやったとき、日々遠く離れた飛鳥の都を寂しく思う大伯皇女の気持ちや、大津を見送らねばならない悲しい思いが偲ばれた。彼女の名は中田宣子さん。取材時で八十一歳、私がついていくのがやっとという健脚ぶりに驚き、大津皇子のことを無邪気に語られる姿に暑さも忘れた。予期せぬ出逢いは面白く貴重である。「本ができたら必ず連絡してください」とおっしゃっておられたことが思い出される。本書上梓にあたって、どうしても追記したくなった。

平成25年9月

上島　秀友

〈参考文献〉

網干善教　二〇〇六『大和の古代寺院をめぐる』学生社
井手至　一九九九『井手至先生古稀記念論文集』和泉書房
井上光貞ほか校注　一九七六『日本思想体系3　律令』岩波書店
上島秀友　二〇一一『天の二上と太子の水辺』学生社
上田正昭　一九八六『道の古代史』大和書房
上田正昭　一九八六『藤原不比等』朝日新聞社
梅原猛　一九七六『塔』集英社
榎村寛之　二〇〇四『伊勢神宮と斎王』塙書房
大橋一章・松原智美編著　二〇〇〇『薬師寺千三百年の精華』里文出版
岡本米夫　一九六二『大祓えの解釈と信仰』神社新報社
折口信夫　一九七四『死者の書』中央公論社（中公文庫）
香芝市二上山博物館編　一九九三『大津皇子の仏たち―古代寺院と塼仏―』香芝市二上山博物館
香芝市二上山博物館編　二〇〇一『大来皇女と大津皇子―二上山百景―』香芝市二上山博物館
香芝市二上山博物館編　二〇〇三『尼寺廃寺Ⅰ―北廃寺の調査』（香芝市文化財調査報告書第四集）
菊池義裕　二〇〇九「二上山と大津皇子の移葬」『万葉古代学年報　第七号』万葉古代学研究所
岸俊男編　一九八六『日本の古代7・まつりごとの展開』中央公論社

邦光史郎　一九八九『法隆寺の謎』祥伝社
栗田勇　一九八六『神やどる大和』新潮社
小島憲之校注　一九六四『日本古典文学大系69　懐風藻・文華秀麗集・本朝文粋』岩波書店
五来重　一九九二『葬と供養』東方出版
近藤健史　一九八五「大津皇子と二上山」『万葉の課題』輪林書房
斎宮歴史博物館　一九九一『斎宮歴史博物館総合案内』
斎藤茂吉　一九七二『万葉秀歌』上巻　岩波書店（岩波新書）
坂本太郎・平野邦雄監修　一九九〇『日本古代氏族辞典』吉川弘文館
柴田實編　二〇〇七『御霊信仰（オンデマンド版）』雄山閣
篠川賢・増尾伸一郎編　二〇一一『藤氏家伝を詠む』吉川弘文館
志水正司　一九九四『日本古代史の検証』東京堂出版
志水義夫　二〇〇九「二上山の彼方—當麻の時空—」『万葉古代学年報　第七号』万葉古代学研究所
下定雅弘　二〇一二『陶淵明と白楽天』角川学芸出版
「新編日本古典文学全集4」　一九九八『日本書紀③』小学館
「新編日本古典文学全集6」　一九九四『万葉集①』小学館
「新編日本古典文学全集8」　一九九四『万葉集③』小学館
高島正人　一九六〇『人物叢書・藤原不比等』吉川弘文館
高田真治・後藤基巳訳　一九六九『易経』（上）岩波書店（岩波文庫）

多川俊映　一九八九『唯識十章』春秋社
竹園日記を読む会編　一九九八『たかだ歴史文化叢書 竹園日記（一）』大和高田市文化振興課
多田一臣　一九八八『古代国家の文学―日本霊異記とその周辺―』三弥井書店
田中日佐夫　一九九九『二上山』学生社
田村圓澄　二〇〇九『伊勢神宮の成立』吉川弘文館
塚口義信　一九九三『ヤマト王権の謎をとく』学生社
塚口義信　一九九六「平野塚穴山古墳の被葬者について考える」『ふたかみ史遊10』ふたかみ史遊会
塚口義信・水谷千秋　二〇〇一「大津皇子の悲劇」『香芝遊学・第十号』香芝市
寺沢龍　二〇〇〇『薬師寺再興　白鳳伽藍に賭けた人々』草思社
直木孝次郎　一九六〇『人物叢書・持統天皇』吉川弘文館
直木孝次郎　一九七三『日本の歴史2・古代国家の成立』中央公論社
名張市教育委員会編　一九八八『夏見廃寺』名張市教育委員会
奈良県橿原考古学研究所編　一九九二『当麻石光寺と弥勒仏概報』吉川弘文館
西牟田崇生編　二〇〇三『祝詞事典』戎光祥出版
塙保己一編　一九三二『群書類従・第一輯』「二所太神宮例文」群書類従完成会
塙保己一編　一九三二『群書類従・第五輯』「豊原氏系圖」「上宮聖徳法王帝説」群書類従完成会
平岡定海　一九七七『日本彌勒浄土思想展開史の研究』大蔵出版
平野邦雄　二〇〇七『帰化人と古代国家』吉川弘文館

福山敏男・久野健　一九五八『薬師寺』東京大学出版会
藤井利章　一九八五「初期当麻氏の仏教受容」『龍谷大学仏教研究所紀要』龍谷大学仏教研究所
藤田経世編　一九七二「七大寺日記」「七大寺巡礼私記」『校刊美術資料　寺院編上巻』中央公論美術出版
藤谷俊雄・直木孝次郎　一九九一『伊勢神宮』新日本出版
船津富彦　一九八三『中国の詩人③謝霊雲』集英社
細井浩志　二〇〇七『古代の天文異変と史書』吉川弘文館
松島健・河原由雄　一九八八『日本の古美術11当麻寺』保育社
松本文三郎　二〇〇六『弥勒浄土・極楽浄土論』平凡社
松本俊吉　一九七四『奈良歴史案内』講談社
松本俊吉　一九八一「大津皇子と薬師寺」『歴史と人物　昭和五十六年五月号』中央公論社
三島由紀夫　一九七七『春の雪―豊饒の海・第一巻―』新潮社（新潮文庫）
村上太胤　二〇一二「唯識の教え①　法相宗について」『薬師寺』第一七四号
安田暎胤　二〇〇四『住職がつづる薬師寺物語』四季社
山本信吉　二〇〇六「大津皇子と掃守寺と薬師寺大般若経」『日本歴史二〇〇六年四月号』吉川弘文館
横田健一　一九七三『白鳳天平の世界』創元社
和田萃　一九九四「大津皇子の墓―鳥谷口古墳と加守の長六角堂―」『奈良県文化財調査報告書第67集　鳥谷口古墳』奈良県橿原考古学研究所
渡部修　二〇〇九「『死者の書』が描いた二上山」『万葉古代学年報　第七号』万葉古代学研究所

〔著者略歴〕
１９５４年、奈良県生まれ。中央大学法学部卒業。
著書に『天の二上と太子の水辺』（学生社）、『片岡の歴史』（ＦＭハイホー）、『蓮池を巡る物語』など。
ふたかみ史遊会会員。奈良ユネスコ協会会員。学校法人誠優学園理事。

©Hidetomo Uejima、2013

小説 大津皇子―二上山《ふたかみやま》を弟《いろせ》と

2013年 9月26日 初版印刷
2013年10月 2日 初版発行
著 者 上 島 秀 友
発行者 靍 井 忠 義

発行所 有限会社 青 垣 出 版
〒636-0246 奈良県磯城郡田原本町千代３８７の6
電話 0744-34-3838 Fax 0744-33-3501
e-mail wanokuni@nifty.com
http: //book.geocities.jp/wanokuni_aogaki/index.html

発売元 株式会社 星 雲 社
〒112-0012 東京都文京区大塚３－２１－１０
電話 03-3947-1021 Fax 03-3947-1617

印刷所 互 恵 印 刷 株 式 会 社

printed in Japan ISBN978-4-434- -

青垣出版の本

奈良を知る

日本書紀の山辺道《やまのへのみち》

靍井 忠義著

三輪、纒向、布留など山の辺の道沿いの「神話と考古学」

四六判１６８ページ　本体１，２００円

ISBN978-4-434-13771-6

奈良を知る

日本書紀の飛鳥

靍井 忠義著

６・７世紀の古代史と飛鳥の遺跡が全部分かる

四六判２８４ページ　本体１，６００円

ISBN978-4-434-15561-1

奈良の古代文化①

纒向遺跡と桜井茶臼山古墳

奈良の古代文化研究会編

初期ヤマト王権の謎を秘める２つの遺跡を徹底解説

Ａ５判変形１６８ページ　本体１，２００円

ISBN978-4-434-15034-0

奈良の古代文化②

斉明女帝と狂心渠たぶれごころのみぞ

靍井 忠義著

奈良の古代文化研究会編

狂心渠、百済大寺、牽牛子塚古墳などを通して斉明朝の謎を探る

Ａ５判変形１７８ページ　本体１、２００円

ISBN987-4-434-16686-0

奈良の古代文化③

論考 邪馬台国＆ヤマト王権

奈良の古代文化研究会編

「箸墓は鏡と剣」など、日本国家の起源にまつわる５編を収載

Ａ５判変形１８４ページ　本体１、２００円

ISBN987-4-434-17228-1

古代氏族の研究①

和珥氏—中国江南から来た海神族の流れ

宝賀 寿男著

大和盆地北部、近江を拠点に、春日、粟田、大宅などに分流

Ａ５判１４６ページ　本体１，２００円

ISBN978-4-434-16411-8

古代氏族の研究②

葛城氏—武内宿祢後裔の宗族

宝賀 寿男著

大和の葛城地方を本拠とした大氏族。山城の加茂氏、東海の尾張氏も一族

Ａ５判１３８ページ　本体１，２００円

ISBN978-4-434-17093-5

古代氏族の研究③

阿倍氏—四道将軍の後裔たち

宝賀 寿男著

北陸道に派遣され稲荷山古墳鉄剣銘にも名が見える大彦命を祖とする大氏族

Ａ５判１６８ページ　本体１，２００円

ISBN978-4-434-17675-3